馬尼尼為

maniniwei

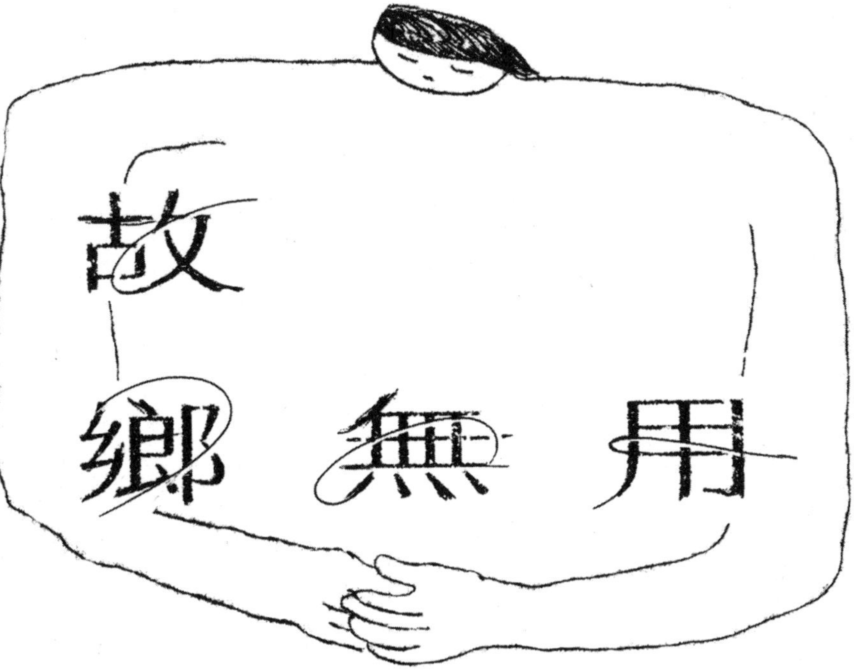

馬尼尼為

目錄

推薦序

躲在母親荒廢的乳房裡

文／房慧真

「鬼者，歸也。其精氣歸於天，肉歸於地，血歸於水，脈歸於澤，聲歸於雷，動作歸於風，眼歸於日月，骨歸於木，筋歸於山，齒歸於石，油膏歸於露，毛髮歸於草，呼吸之氣化為亡靈而歸於幽冥之間。」──《韓詩外傳》

生活在台北逾二十年的馬華作家馬尼尼為，以往的文字創作以詩、散文為主，《故鄉無用》是第一本長篇小說。這是馬尼尼為第二次寫故鄉，上一本《沒有大路》（二〇一八）：「我硬是要不斷地寫下去。成為被家人謾罵的對象。我正要成為一位背棄故鄉的人。正在成為不孝子。」《故鄉無用》開門見山就說「我的父母沒什麼好寫的」。扉頁獻給阿嬌姨，從家族裡最沒有用的阿嬌姨說起，阿嬌姨到新加坡打過工，做過美髮院，後來疑似被下降頭，成了撿破爛的人，用撿來的破爛換一點錢買貓糧，和幾隻野貓還有牠們的貓屎一起躺在破廟裡。阿嬌姨在流浪漢和遊民中打轉，和孤苦無依的男人談婚論嫁、相濡以沫。敘事者「我」在故鄉唯一能與之相濡以沫的就是阿嬌姨，因為我愛貓，阿嬌姨也愛貓，我無所事事終日溜達，阿嬌姨也愛溜達，我愛逛破爛（二手商品）店，阿嬌姨愛撿破爛。我和阿嬌姨的不同之處是，我是從台灣回來的人，理應成為有用的人，卻成為廢物（全書出現頻率最高的詞語）。我並不是唯一失敗的例子，我的同儕友伴，來台灣讀經濟系化學系生物系電機系，大學畢業還繼續攻讀碩士，回到故鄉成了除白蟻的人、賣珍珠奶茶的人、教象棋的人，「去台灣回來不會賺大錢，去了也不會有前途。只是至少出去過了，回來也會安份一點」。

外婆生養眾多，十四個孩子只能供應一個去台灣，三舅是家中唯一知識分子，台大電機畢業，回去沒工作，後來學腳底按摩，輾轉到新加坡醫院當清潔工。下一代的「我」也成了知識分子，嗜書如命，還寫書出書。我回鄉探望小學老師，老師見到掉滿一地的黃花就詩興大發，恭喜我成為作家，我回答「才沒有，我只是打掃工。」《多年後我憶起台北》的開場詩：「像我這麼會寫的人／還是每天洗碗掃地洗地做勞力／神絕對是公平的」。

馬尼尼為的作品是詩，是詩化散文，也是自傳型小說，文體只是形諸於外的容器，旺盛的寫作趨力流動其中，彼此互文。在台北「我」有母職，餵養街貓，還是動物收容所志工，日日像上班那樣定時創作，偶爾會穿上作家人皮去授課或演講。以世俗標準來看，「我」再怎麼樣也稱不上「無用」。無用的窄化意義是不上班，沒有固定工作，創作在此是任性妄為，做自己想做的事情，成了無賴、騙子、廢物，「或許我就是一個詐取生活費的騙子。或是玩弄文字的騙子。一個無業的陋妻。終日在紙上做鬼。……若無其事地寄生於台北。」「身為成年人能夠這樣任性地活著是憑什麼我不是沒有想過。成為別人眼中不去上班的廢物。不會賺錢的廢物。」（《我的美術系少年》）

格里高爾．薩姆沙「變形」的前夕，是多年不曾請過一次病假，他的工作是每天清晨搭上第一班五點出發的火車，到各地推銷商品。格里高爾醒來一邊發覺自己變成甲蟲，另一邊還在琢磨是否要趕七點那班火車，否則老闆必定會夥同商業保險

公司（正是現實中卡夫卡從事的工作）的醫生一同前來「揭穿」他，在雇主眼中，

> 「根本沒有任何真正的病人存在，有的只是那些身體完全健康，但卻不想去上班的懶人。」

「我」在台北用貓毛編織卡夫卡的冷酷迷宮，不上班，不討公婆丈夫喜歡，不當賢妻良母都是一種抵抗。前幾本書寫到公婆離世、小叔搬離、丈夫遠走，心願已遂，只剩下「上班」仍然像邪惡的大風車不停旋轉，「我」宛如穿著一身破銅爛鐵的唐吉訶德持續不斷朝它砍了又砍，總也除不盡。

除也除不盡，直到回到故鄉，風車的幻影尾隨，深層的焦慮仍在。「無用」的廢物論可說是貫穿馬尼尼為作品裡最持久的母題，「我一邊忙著寫作，一邊感受我在他們眼中徹底的無用。」「我媽媽知道我很熟練貓狗，像她熟練泥土一樣、熟練果樹種菜一樣。她不知道我熟練寫作，可以把壞的寫掉。當然我是騙她的，我自己對未來也很茫然。」（《故鄉無用》）

在故鄉曾有一種懶惰土著的論述，殖民者眼光的凝視建構。馬來西亞社會學家賽胡先・阿拉塔斯的《懶惰土著的迷思》一書，西方殖民者為了鞏固佔領掠奪的正

當性，營造出馬來人懶惰的刻板印象。只須斷斷續續工作一個月，用魚簍在河裡撈魚，傍晚花些時間撒網，就能獲得一整年足夠的糧食。「加上這裡的氣候會讓人體趨於休憩放鬆，並讓人腦陷入如夢似幻狀態而不事艱苦持久的勞作，足以說明馬來人與生俱來的怠惰。」獨立建國之後，馬來菁英繼續沿用這套論述，一九七〇年馬哈迪出版《馬來人的困境》，提到環境影響使得馬來人消極脆弱，面對華人移民的競爭節節敗退，慵懶不爭的馬來人是「原住民」，需要政府保護。七〇年代馬來西亞逐步落實憲法規範馬來人特殊地位的條文，以種族比例實施配額的制度，稱為「固打（quota）制」。李有成教授在導讀中提到「在教育領域，不少華裔與印度裔學子淪為犧牲者，成績優異卻被排拒在公立大學志願之外，種族不平等與社會分化日益嚴重。」

在固打制的敲打下，種族決定華人沒有慵懶無為的餘裕，百分之兩百的努力才能生存下來。「我」的兩位姊姊成績優異，獎盃擺滿牆，卻還是當不了律師、醫生，家鄉窮教師是唯一的穩定出路。姊姊們遞棒子給妹妹，妹妹掉棒落隊，寫作在這個「無用已然成形」的故鄉，是無用中的無用，無用的極致，甚至是宛如瘋魔發狂的寫作病癥。「這裡的書店、學校都越來越無可救藥。他們嘲笑看書的人、把寫東西的人當神經病。」「我慢慢體會到全天想要寫作會變神經病的，他們會把你帶去治療，讓你去做苦工。」

神經病、麥木娜（瘋子的代稱），村裡總有人莫名其妙瘋癲，《故鄉無用》書裡盡是不正常的人，遍地災異凶死，二舅媽離奇死在水缸，女高中生在鄉間騎腳踏車被雷劈死，阿嬌姨的相好算命佬橫死，因為他去曾吊死人的凶宅算命，突然就上身了，「頭被什麼東西拉得高高的，全身是硬的。」五姨丈在鎮上的酒店上吊自殺，在台灣讀美術的學姊，學無以致用，回鄉開民宿，疫情時突然跳樓自殺。故鄉的人說自殺都是假的，其實是鬼在找替身。故鄉的人不會自殺，自殺是已開發國家的進步病。故鄉百鬼夜行，黃昏就開始出沒，這時不能除草，「黃昏是鬼出來的時候，鬼會在草裡，你除草會不小心砍到他們的頭。」

日本漢字「風邪」是感冒的意思，由風帶來的邪魔浸染人體，字面上仍摻雜怪力亂神的疾病觀。在故鄉的疾病邪魔都是從風裡來的，「在外面玩的小孩被風猛吹，常常就生病了。那些四面八方的鬼，海上的、陸上的、森林的、沼澤的、高山的、平地的，都要來吃這風的宴席。」我的寫作神經病也來自風，無用其來有自：「那種風還很小的時候，就進入我耳朵眼睛了，……那樣的風早就進入我腦袋裡，我才成了一個無用的寫作少年，才看見了四個太陽，五個月亮的光。」

鬼者歸也，幫鬼怪歸納建檔，未嘗不是一種歸鄉路徑，馬尼尼為在《馬來鬼圖鑑》（二〇二一）寫到相當有人情味的「巨乳鬼」：「來去自如的野鬼。外形為老女人，有著一雙巨乳。特別於黃昏時分出現，把在戶外玩的孩童抓起來藏在乳房下方。」鬼怪傳說的用意實是保護孩童，黃昏時常有野生動物出沒，或視線不佳，光腳玩耍的孩子易踩到釘子受傷，編造巨乳鬼的故事可讓孩子及早進屋。

父不父，母不母，子不子，媳不媳的台北「變形記」，用力掙脫兒子討抱撒嬌的雙手，投向貓的懷抱，貓化身為母親，貓毛補償母親的撫摸。在故鄉的聊齋誌異，「在我媽媽荒廢的乳房裡，我就留在那裡。」《故鄉無用》後半段進入詩的囈語，媽媽病了，阿嬌姨越來越瘋，兩人即將成為兩隻新鬼，兩隻巨乳鬼。荒廢的乳房不用哺乳不必成為男人掌中的玩物，遵循地心引力垂下，才得以成為我的庇護。「她們把腳張開痛苦地生小孩。我專注地排放經血，壞掉的血。」馬尼尼為的作品中經常流淌著大量的經血，「我開始滲出經血。七萬滴。落在老家的床上。」（《沒有大路》）無用的經血讓等待生殖的熟卵再一次崩落，不必重複外婆生十四個孩子，母親生五個孩子的命運。異鄉人躲在母親成為廢墟的乳房裡，乳房無用，子宮無用，卵巢無用，美麗無用，婀娜無用，曲線無用，女人有了寫作的房間還不夠，要到了無用堆疊成塔的這一天，才能成為真正的自由人。

獻給
阿嬌姨

土太小了
別跳

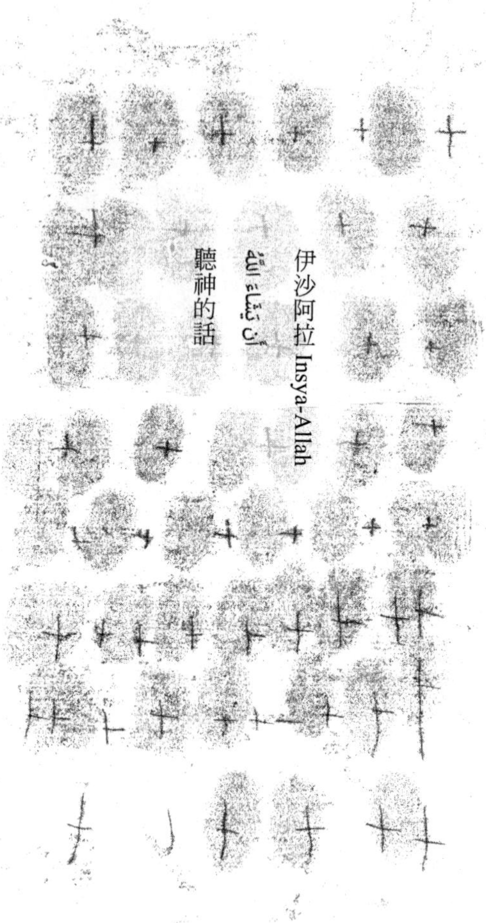

伊沙阿拉 Insya-Allah

أَنْ يَشَاءَ اللَّهُ

聽神的話

1 我的父母沒甚麼好寫的

到這裡來 風
把你的鎖放下來
讓我去接船
風會聽我的

在這篇小說開始前，阿嬌姨就去大水溝坐船了。

你快來看。背對著月光，一匹生病的馬，紅色的馬。阿嬌姨說那是神的馬，神出巡用的馬，神會醫好牠。起火的時候，祂有來報信。神騎的馬帶來一個壞掉的禮物，用葉子鬆鬆的包著。

大火來的那個大半夜，我往外公家的方向開。外公家已經消失。路直直的就到海邊的廟，和外公家是一樣的地方。一路上沒車，我不敢開快。柚木長在路兩旁，風吹斷了一堆樹枝。這條路上死的人可是很多的。

我外公他們在這裡落腳的時候，這裡是沒有廟的，也沒有大水溝。水清清澈澈，有點泥沙而已。從中國來的人很多，他們討海為生，種菜為輔。後來這裡開了三家咖啡店，我外公是其中一家。

那時發生的怪事很多，阿嬌姨在那怪力亂神的盛年出生。外公一家除了賣咖啡，還自己做包子、油條來賣，還要養豬、養雞、顧菜園、果樹。全家大人小孩都要投入生計的。阿嬌姨因為最年幼免了所有粗活。她溜達的時間最多，也最懂那些鬼鬼怪怪的事。她因為深知這些事而和所有人都不一樣，和我媽媽、其她阿姨都不一樣。他們背地裡說阿嬌姨有點阿達，小時候得白喉腦燒壞了，只有我知道她沒有。

大火燒得正旺，消防隊卻還沒來。這裡離消防局太遠。附近的住民都跑出來了，凌晨兩點多，沒有人的臉上有睏意。大火燒。滿滿的燒。滿身的熱氣。我看著，我媽媽也看著。熱得大家耳朵都聾了，一身身的汗。我還沒讀過這樣的熱。那煙讓眼皮都睜不開，紅色的風打在全部人臉上。

不久我弟弟和弟媳來了，站在我們旁邊；再不久我表姊和她大女兒來了；接著另一位住附近的表姊表弟來了；最後是住最遠的表姊攙著老母來了。來的親戚像過年的陣仗。這廟的大火我們是一定要看的，半夜、老遠也要來看的。我媽媽那一代還在的都會想來看。我們這代對廟的記憶已然置換，可我們還是要看的。就算沒有記憶，也要為上一代看。

我看見我在那金碧輝煌的大殿堂裡，我溜進過那裡無數次，一個人在沒有人的廟裡，一個人在跪拜墊上和巨大的神像說話，和神祈求我媽媽不要死。那時候因為夢見媽媽走了，心裡害怕。殿堂的八卦形窗戶外有荷花水池，我常去看荷花研究蓮蓬頭。回憶在那火光中進站，火勢更猛了。斜來斜去，紅色的風一陣一陣。燒掉的廟也表示，這廟完了。連自己都保不住，怎保別人。完了，這廟是完了。

這廟推倒了整個村子，誰不恨它。我外公家就是被它推倒的，為了它的興建大業。這裡原來的住民全部被趕，廟王說這塊地是他們家的。沒有人拿得出證據，悻悻然走了。一整大片的地，一整個村啊，至少一百戶人吧。房子被推倒，整個消失的。然後他速速鋪上整卡車整卡車的小石子，什麼斷瓦殘垣都不留的。現在進來只剩車子輾過新石子路的聲音，那正要大興土木的空氣悶熱像鍋子空燒。整塊地連一株樹都不留，你活該被燒。

燒完了我明天還要來看，明天那一幫親戚也會來看的，這附近的住民都會來看的。大家都要來看這廟最後的死刑，這廟的葬禮我們是一定要參加的。村民隱隱的興奮。只是想到那麼聖潔的佛像被燒隱隱覺得那興奮不宜過於彰顯，以免冒犯神明。

全村都消失了，廟也會自行消失的。他們是同甘共苦的一代人，他們都走了，廟也不會獨活的。這是一座有情有義的廟。

從火災現場回來我睡了很久，好像是參與了殺人案那樣疲憊。我媽媽也是。她好像突然家裡死了人一樣。憔悴著臉在準備葬禮，準備出殯。

大家都在圍觀那座焦黑的佛像。人的罪孽太重，連祂都被連累了。我拿了大相機去拍照，感覺機不可失。不應該被燒的，我興奮地紀錄著。我見到很多熟悉的面孔都來了。我從小就見過這些人，因為我也常在這溜達。我在這裡溜達的時間晚了阿嬌姨二十年。這裡更早的舊廟已經拆除，瘋人院也已經關閉。我常在找那些怪力亂神的蛛絲馬跡。破掉的木頭房子，什麼瘋人院的痕跡都沒有留下。

除了廟裡廟外之外，我溜達的範圍還有那些圍繞香客的攤販。每一個攤販賣的東西我都好好參觀過，特別是賣佛牌項鍊夜明珠手鍊那種，以及各式包裝的土產海產乾貨。這些攤販都來了，他們的家人也都來了。像賣甘蔗汁的，他有七個女兒一個兒子。那年代的人拼了命都要生到一個兒子。

沒有人開攤，這是所有人都停工的盛事。這所有人都是我見過、可叫不出名字的。如果在外面遇到這些人，我會跟我媽媽說，我遇到大水溝的人。只要再多說一句，比如誰的隔壁賣什麼的，她就可以說出那人的名字，我也大概知道是對了。這村的人見面都說潮州話，但就僅限他們那一代，這方言就斷了。我說不出口，可聽得懂的。我姊妹兄弟五人，就只有我聽得懂，因為只有我在那廟裡廟外溜達過。

滿身焦黑的廟。本來那麼乾淨的地方，一直被打理得乾乾淨淨的，就算是脫鞋進去，腳底都不會黑。那荷花水缸還見痕跡，還有一台腳踩縫紉機，這些都是我外公家或我家會有的東西。那些窗戶的造型也和我家一樣，和這裡的很多家都一樣。大家在看的好像是自己家被燒的樣子，連菩薩都會被燒得無頭無身，我們普通人都心裡發毛。沒有人看見那廟王，那趕走一村的人。

這裡曾經是海，廟的土地有一半是海沙填土的。廟王的屋業發展不順，建了一大堆新房子沒人要買。店鋪建到一半有人在那裡上吊，新聞也不敢報，但這裡的人口耳相傳。工地雜草越長越高，來了一堆野鬼。晚上沒有人敢從那裡經過。有人說夜裡那裡會變成一片海，會有那種全身是洞的鬼從海上浮出來，向人們哭訴，救我啊！救我啊！他的福報已經用完了，人們都這樣說。

我媽媽叫我去海邊那間沒有被燒毀的漁夫廟求籤。它離被燒的廟不到五十米，這廟和阿嬌姨住的舊廟一樣小。她叫我幫她問今年的運勢，她今年老是東問西問。這病在我們看來已經惡化，吃了藥還是不聽使喚的腳，去人多的地方像是醫院我們都得推輪椅。那漁夫廟一直在那裡，隨著那批中國移民落腳這裡，沒有被翻新因為沒人膽敢動它。這廟沒有門。海邊的風沙長年吹黑了它，黑油油得發亮。沒有燈，外面的日光自然透進來。托上方有棵大榕樹，這廟才不致於太過曝曬。

在這種自然光中我回到了過去，回到子宮裡的昏暗狀態，回到小時候還沒有那麼多電燈冷氣的時代。我深深吸了一口這廟裡混雜香灰和海風的氣味，瞄了一下那籤就交給我媽媽。我在此時此刻不信這個，因為我媽媽正在老化。那是人的必然，沒什麼好問好說的。像燒廟的狂風，海風會平靜它。

那一晚我睡在外公的房子，外面都是雞屎。我大舅養雞，雞到處放屎。我夢見我在那唯一的浴室洗澡。廁所在外面，洗衣洗碗都在外面。外面有一個很大的圓形儲水槽，還有很多缸水。房間外的走道堆滿了汽水瓶，空氣中都是甜甜的汽水味。那些汽水瓶準備回收，還有吊掛滿滿一牆壁的零食，一大桶一大桶的餅乾。住在這裡的人都過胖，喝多了汽水，吃多了零食。我表姊表弟就住在這裡，大了也還在這裡，沒有離開過這村。不知道是不是喝多了汽水，他們的臉蛋和小時候一模一樣，只是頭髮稍白。他們各結婚生子，姊弟成為毗鄰。我表姊的先生是煮炒頭手。她自己學歷雖然只有高中畢業還是在就近的小學找到了教職。

那外面儲了很多缸水的後院，是二舅媽悲劇的場景。那外面以前挖來澆灌的水池，是我們閃避的其中一個地方。再不遠是我小舅短命的鐵工廠。當年他生產辦公室那種旋轉椅，說是工廠其實連圍牆也沒有，只有鋁片屋頂，幾台簡單機器。沒有人知道詳情，他在一夜間逃命，消失十年。沒有人知道他躲在哪裡。我們再看到他的時候，他的腿瘸了。

我三舅是這戶咖啡店人家唯一的知識分子，一家人把讀書機會都讓給了他。他到台灣念了台大電機系，回去沒工作。運回了一大堆丟也不是不丟也不是的書，裝滿一個矮書櫃三層。他後來學腳底按摩，輾轉到新加坡醫院當清潔工。他說話一直有一種奇怪的腔調，聽起來和台灣有關又不太像。他去台灣四年回來還是娶了同村的女人，最後一起落腳新加坡。他的樣子確實有一種讀書人的味道，和其他兄弟相比，看得出他有點不一樣，可去台灣算是白去。他後來很爭氣地把兩個女兒送到英國留學，此生沒有再提過台灣。

我阿公的墓園旁有幾棵榴槤樹，沒見過榴槤樹的中國人在那裡好奇地觀看。他們說是我阿公兄弟的後代，買了束鮮花來放在我阿公墳上。我阿公早在十幾年前過世了，他的兄弟還活著，還在抽煙，子孫很多，跟著他一起來。我阿公是最後一位有墓地的，之後的人都買不起墓地了。我外公的骨灰在修德善堂，我大姊的家婆也是。鎮上的人死了都放修德善堂。那是一座什麼廟也沒人知道了，只知道它的塔位業務做得很好，簡直壟斷。大年初一大家去拜祖先會遇見很多人，人們穿得紅通通去拜祖先。我四姨說她在那裡遇見過我外公，在那裡宴客。當天很奇特一個人類都沒有，原來是阿爸在宴客。因為我四姨丈終於還了他一筆錢。

我每隔一兩天會去阿嬌姨住的舊廟看看，看她在不在。我的父母沒什麼好寫的，他們都是乏味的老實人，或者是我不擅長寫他們那種老實。所以我得把阿嬌姨找回來，雖然她是上一代最不成器，甚至壞了整個家族美好紀錄的人。她是唯一一個沒房沒後代沒工作沒錢的長輩。全身的狀況又正值衰退。她是勞力工、散工、體胖、近視，外表一無是處。我就是要寫這樣的人，這樣被別人看不起的人。

不管她生了什麼病，我不想看她被關在醫院裡，或是老人院裡。我要她在風中除草，我要她睡在舊廟裡。我騙她說我在台灣教書，有錢請她吃飯。阿嬌姨說我頭髮很細，會是很好命的人。當然，我很相信她的，相信她說的每一句話，連廟的大火她都預知了的。

在那一片焦黑中。那些黑色的牆壁。土色的句子。一點一點發芽了。紅色的風黏在阿嬌姨臉上。紅色的風塗在她身上。她拼命搓掉它。

2 瘋人院在森林裡

病是神送來的，神送來的病
神送來了右邊鼻孔，也送來右邊的病
神送來的半身癱瘓，送來的水腫
一切都是神送來的

這種病叫紅色的風
紅色的風進去人的眼睛，人會瞎掉
進去人的嘴巴，會舌頭僵硬說不出
進去肛門，導致痔瘡
進去尿道，睪丸腫脹

進到皮膚，會有一百千種病
進去腦袋，人會瘋掉

外公家後面的雞屎地有一棵酸柑樹，果實纍纍沒人要吃。酸柑果上滿滿被蟲叮咬的痕跡，和當時我們全部小孩子的手腳一樣。事實上它並不是真的酸柑，只是我們沒有人知道它是什麼隨口叫的。淺黃綠色、圓圓鼓鼓的一串串像野葡萄。小孩子採去玩家家酒，拌沙子作菜。因為動不動會踩到雞屎地雷，唯一的安全島是爬上那棵樹。那棵樹不大不小，葉子不多。我兩三下就架在樹上，從那裡可以看見阿嬌姨的家庭理髮店，在最後一間房間。

長大後我再也沒見過這種樹，於是想找出它真正的名字。問在植物園工作過的二姊，她找了專業的圖給我看，原來叫西印度醋栗。童年的樹突然有了一個外國名字，一下子陌生了。如此遙不可及的鬼佬名，怪不得整棵樹的形狀像只帆船，斜斜的像永遠被風吹著。整村只有這突兀的一棵，不知道是誰種的，還是自己野長的。沒人在吃或拿來作料理，也沒人管它。它是和外公家一起被推倒的。

那時全村只有一條紅泥路，每十五分鐘就會有一台巴士進來，滿滿都是要去海邊廟的人，新加坡人最多。咖啡店就在路口，生意好到不行。天氣那麼熱，來喝汽水啊、礦泉水啊、借廁所啊、借洗手啊、買香買拜拜的金紙。沿路都有人在賣香，一包可以賺一塊錢。整村都在賣東西，生意都很好。新加坡人來這裡什麼都可以買，什麼都便宜。買餅啊、買柚子啊、什麼都可以買。真的，什麼都可以。乾豆皮、楊桃、蓮霧、芭樂，什麼都可以。排隊求神、求符、求黑金。村裡全部的小孩都出來當童工，都在賣東西。老人也出來了，那時候的老人都還強壯。

我媽媽賣鞋子，女人的休閒鞋。生意還不錯。我們還賣過甘蔗汁、蘿漢果水、削好的芭樂、乾豆皮、油樽辮子餅，真的是什麼都可以賣。遊客就是會想買東西，天熱就是會口渴。一週只賣一天。我們幫忙上下貨，叫我爸爸載去，我媽媽一人顧攤。我會跟去閒晃，不是真的幫她賣東西。我臉皮薄，開不了口叫賣，她也無意讓我叫賣。這裡並沒有真的特產什麼，可是久了，透過這些在地人的擺攤，外地人就會以為這裡盛產這些柚子芭樂什麼的。賣鞋子的只有我媽媽一攤。鞋子不好收，號碼又要全。人多的時候，我三姨會從一個多小時車程的三合港來幫手，阿嬌姨偶爾也會出現。

這裡有過一起失蹤案。沒有人記得失蹤男人的名字，大家會說他是「永坤的爸爸」。永坤的爸爸是村裡最早發瘋的人。他自己畫神符、喝下去，頭腦就不清不楚了。也有人說他是裝瘋的，當廟裡的乩童正在被神附身，他故意到旁邊打攪。乩童為了排除異己，派手下把他押到淡杯精神病院。那裡關了一千多個精神病人，是馬來西亞南部最早、唯一的精神病院。可關於這裡的記載是少之又少的，大部份進到這裡的人永遠失蹤。

我們都看過他。他拿臉盆戴在頭上，在外面走來走去。年輕的，三十多歲的。

我們都知道他被廟王抓去淡杯，永遠沒有回來了。我媽媽說這事賣甘蔗汁的知道更清楚。可我問他的時候，他只說，沒有屍體的、沒有屍體的。掉進海裡都有屍體。

瘋人院在森林邊上，那裡曾經有一千五百張病床，外面有野獸遊蕩。二戰期間，從瘋人院清楚地可以聽見日本人炮轟新加坡的炸彈。日本人在所有病人面前用刀砍掉兩名醫生的頭，沒瘋的都瘋了。他們把這裡佔為軍方醫院，把五百多位精神病人送到隔離島，剩下的一千多位原本的病人，被關起來沒有管他們死活，也有人說全部被殺了。

隔離島至今是空島、是鬼島。附近還有兩座一模一樣的島，人稱姊妹島。島上也沒有住人。到處都聽到怪聲的。有個在隔離島活下去的人，生下了一對美麗的姊妹花。姊妹感情非常好。她們的媽媽沒多久過世，兩姊妹投靠一位叔叔。有天姊姊到沙灘時被海盜看見，垂涎她的美貌，姊姊萬分驚嚇，一路狂奔回家，可終抵不過海盜。求神神不應的。月亮風箏，月亮風箏，月亮風箏有三個角，被綁了三條線，神的力量在哪裡。

姊姊被海盜帶走，妹妹還小，死命朝船游去，眼看自己的妹妹快體力不支，姊姊死命掙脫海盜跳海，就是在那當下變天的。海盜全數覆沒。沒有人見到姊妹的屍體，在海上不見了。在事發的海面，新出現了兩座一模一樣的島，面對著隔離島。在大暴雨來的時候，人們說是這對姊妹回來了。姊妹島的中間，有一條窄窄的海灣。千萬不要穿過那裡。穿過的船必死。緊了船頭，緊了門牙都必死。

永坤現在也五十好幾了，有時會來找我媽媽。他去過那森林找他爸爸很多次。

什麼門路都打聽過。有人會這樣說，人都死了、早就死了。可他執意想知道更多，想知道他爸爸是怎麼死的，害他們全家背負一個揮不去的陰影。沒有墳墓的爸爸，好像永遠在遊蕩，他到南洋的終點在哪裡，他兒子在找。

我剛剛又去看那被燒掉的廟，連風都是燙的，雖然前一晚下過了雨，黑色被弄濕了。有一些畫家在那裡寫生，這裡是寫生的好地點。有漁船、有海邊、有廟、有樹、有廟的味道。這裡的人很務實，沒有作白日夢的神經質，網站報紙都很醜。問他們童年有什麼回憶，都說沒有，好像沒有，都忘記了。畫家們都喜歡寫生，畫看得見的東西。老師也都只教我們畫看得見的東西。

從那時起，那廟的顏色就變了，味道也變了。冷冷清清的，人都散了。以前一個攤位租金一天要兩百塊，現在一個攤販也沒有。有人說要留下來等廟王賠償他們的房子，有人說被抓去淡杯的永坤的爸爸回來了，坐在那裡。阿嬌姨你看到他嗎？我是看不到的。

外公出殯那天大家都來了。我們全部人都要假哭，都要下跪，哭了整整三天。

每天都要穿藍色的喪服。不要拿那黑色雨傘，會被鬼跟的。鬼喜歡躲在黑色的傘裡。阿嬌姨小時候就會自言自語，還會亂罵人的，已經是個怪小孩，她最小，大家都心疼她。

走了，阿嬌姨，全部人都走了。那些被生下來的，都要走的。阿嬌姨你記得來幫我媽媽顧我二姊嗎？她小時候最愛哭，一定要人陪，討債鬼。結果討債鬼現在是賺最多錢的。你記得那間高級餐廳嗎？老闆的後代不做了，整個倒閉了。

還有那棵酸柑樹，那時候你學美髮，在最後一間房間開家庭理髮店，從那間房間望出去就是那棵酸柑樹。後來外公沒法走了，安置在那間房間，那裡出入比較方便，兩面窗通風。因為是美髮店，裡面有一整大面的鏡子，小孩子喜歡在那裡玩捲頭髮。外公最後一年就躺在那裡。阿嬌姨你記得是誰在照顧外公嗎？幾次病危我們一家人趕回去。對呀我們不送醫院，七十歲以上不送醫院，死在家裡比較好。

在餘生裡，天會黑得很快，什麼都會變得很快，快得好像人要飛出去了，太陽和大雨把一切都加速了。

我媽媽看不慣我老和阿嬌姨不成器地混在一起，浪費時間，她說。其實我知道和阿嬌姨無關，是我沒有固定工作這幾年，我去過台灣的優越感大概也追上我三舅的那種蕩然無存。在這種老天沒眼的地方，我們習慣了去廟裡拜拜、問神、算命。於是我去問仙姑，我該繼續寫作嗎？仙姑說，你寫詩不會有錢的。你要寫散文、小說。於是我就開始寫散文、寫小說。

在這裡我沒有什麼同輩朋友，都是我媽媽那一代的人，大家都走了，到國外到更大的地方去。我努力想堆砌出這裡的一切，努力想發動這一部老車。我感到自己寫完這部小說就會走，可能寫到一半就會走。誰會想看這樣的東西？連我寫到的那些人都不想看。說到寫小說，我根本說不出口。我三姨的大女兒就在家裡寫小說，大家慢慢瞧不起她。我沒見過這位表妹，我們並不認識，從小到大都只是聽聞，沒見過面。

表妹從小學鋼琴，是我們這代唯一學鋼琴的人。後來她和我三姨說她要去義大利學音樂。我三姨說她哪有那麼多錢。我表妹就開始坐在家裡寫小說，一寫寫了十年。我們沒有人知道她寫了什麼，發表在哪裡。她是我們這一代最早被認為神經病的人。我感覺到她可能不是在寫小說，她究竟在做什麼至今都是一個謎。

我還是很常和阿嬌姨一起去外公家的海邊晃，我媽媽不時也會叫我載她去。去看看，去沾黏一些那裡的空氣，去拜拜。原本的三家咖啡店都消失了。消失的東西很多，多到我們不忍細數。連哪株植物哪條狗消失，哪條路消失哪條路新鋪，哪戶人家消失哪戶人家新建，我們都會知道，因為那是她的娘家。就算外公外婆已經離世很多年，三十年有了，她還是常常回去。

我問阿嬌姨記不記得小時候得白喉的事。

我飛到天上去，看到一個像爺爺一樣的人，穿以前人的衣服。看到我對我很兇，大叫：你這樣小上來做什麼？下去!!

一聲令下她嚇醒了，病也好了。

所以要拜祖先，祖先會保佑你的。

阿嬌姨說的話還帶有那種甜甜的汽水味，她說的話跟她的人一樣是沒有魂的。

空的，甜的，好像她一輩子都在恍惚之中，沒想要清醒。在她自己的時間裡，沒有人知道她去了哪裡。我疾步走，拉著她的手。我在她的手裡摸到了，在她的眼裡看到了。可那是一種我摸到了，卻也寫不出來的人生。

我來了，阿嬌姨。她顯然很餓，她的黑咖啡加了兩大匙的白糖直到我阻止她。我也假裝很餓，陪她一起吃了炒麵。雖然她算我的長輩，可都是我請她吃飯。她也沒什好客氣的。如果她來我們家，都會留下來吃一餐。她的飯量驚人，連我媽都會說，阿嬌，不要吃那麼多。

阿嬌姨中了馬來人的降頭，喝了馬來人給她的咖啡。我倒是感覺她生了病，可這裡的醫院是看不出她的病的。我知道她沒瘋就是。

阿嬌姨你看外公在那裡。外公還活著。身體有尿味，可是你不會在意這個。他的身體硬得跟木頭一樣，還是那樣慈祥的笑。那一樣單薄的白色背心。

阿爸！阿爸！

阿嬌姨撲到了外公的懷裡，那兩片雲抱得緊緊的，幾隻野鳥的叫聲抱得緊緊的。雨後剎那刺眼的陽光。我一下子目盲，什麼都看不到。

阿爸！阿爸！阿爸來了，他騎腳車載我，我那時還小。他載我到一家什麼店，到裡面拿了一包東西給我，是一件新衣服！還有一隻紅色的玩具馬！

故事先講到這裡。伊沙阿拉。

雨聲一直很劇烈。你醒來的那一刻就是雨，出門就是雨，坐著也是雨。雨在家裡下著，我們都濕透了。我回去，回去清洗下過雨的房子。我媽媽的房子，我媽媽的房間。每一個段落都要洗淨、透氣、通風、吹乾。每一件衣服晾上去都要抖一抖，讓衣服全部攤開。

阿嬌姨跟著外公，跟前跟後。一直跟著。

她奮力地划水前進。船身滿是汗水。

滿船的濕了。透了。

雨落在句號上。破了。

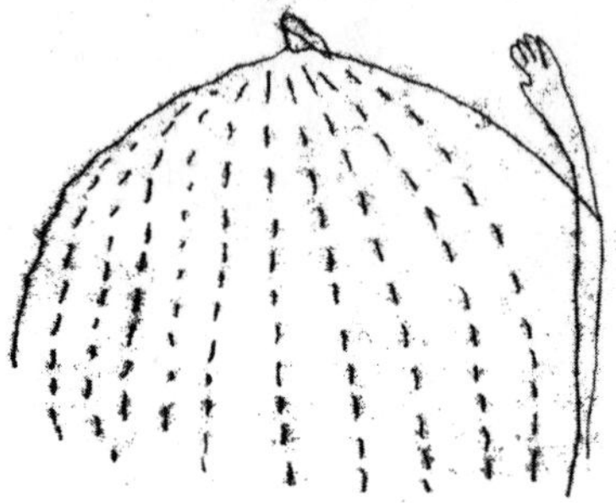

3 他們吸飽了鹹鹹的海風

不要再出海了
在土裡安份

在阿嬌姨那年代，那些突然發瘋的人、醫生醫不好的瘋子會被帶到廟裡醫。那間被燒掉的廟就是醫好了蘇丹兒子的病才有名的。我四姨的廟也醫好了不少人，才會越建越大的。我問阿嬌姨，他們是怎麼醫的？喝符水、拜拜。很多瘋子是直接被家人送來廟裡，就住在廟裡醫的，像住院一樣，要醫幾天。其實很多也好不了，沒那麼容易。沒好的慢慢也被家人遺棄了。大一點的廟久了就有一個瘋人院。瘋人最喜歡唱的是這首馬來歌：

麥木娜，噢麥木娜，噢魯嗨喲，非常美麗的麥木娜
你的樣子那麼美，你的眼睛那麼圓
那麼圓的眼睛，那麼美的臉
要睡就睡，要睡就睡
別被遠方人惦記，別被遠方人惦記

麥木娜是這裡最有名的瘋子，久了也就成為瘋子的代稱。麥木娜這三個字可以任意被置換，可通常是一個瘋子的名字。歌詞可以不停地輪唱下去，噢魯嗨喲、噢魯嗨喲、噢魯嗨喲　噢魯嗨喲……睡吧眼睛，要睡就睡，別被遠方人惦記。全部瘋子坐在病床上齊聲唱著，一直到唱累了才停下來。

被燒掉的廟旁側原來有一排漆成白色的木頭平房，聽說住的曾是瘋子與戲班。戲班原來一年來一次，廟的大慶典時。可能是老了、可能是沒地方去，有些人就住了下來，寧可和瘋子住在一起。後來可能是有礙景觀，廟方怎麼把這些人處理掉、拆掉了房子，就沒有人知道了。

那年代傻子也特別多，是生太多營養不良還是什麼原因，沒有人有時間去想去管。不只是生出來就是傻的，本來好好的長大後突然犯傻的也不少。有個女孩十幾歲突然變傻，眼睛滿是眼屎，口水流不停，不像人樣。我的高中同學也有後來變傻的。她說有人拔她的腳指甲，聽見很多聲音。她的家人慢慢唾棄她。她會來找我，說我是她最好的朋友。後來我也嫌她煩了，開始嫌棄她。她每纏上一個人都說我是她最好的朋友。後來唯一還護著她的母親得了乳癌，在政府醫院過世了。

小時候喝汽水喝太多了吧。汽水喝太多會變傻，還是聞了太多汽水味。那時村裡幾乎每三兩戶人家就有一個變傻的人，生越多機率越大。那些生超過五個的，通常就有一個是傻的或是夭折。我外公家本來有一對雙胞胎，都是傻的。小時候生病一個走了。對於生到傻的他們也沒什好說好怕的。大孩子都愛逗傻小孩，他們很好騙，騙說媽媽不在了，阿傻就會哭得傷心無比。賣甘蔗汁那家也有一個女兒是傻的，還活著。她常在家裡大聲唱歌，間接造就了一位歌星妹妹。後來他們家的生計有一半靠歌星女兒。她在哪邊登台唱什麼樣的歌，我們沒有多問。

傻了就是傻了，這裡的醫院醫不了這種病。沒有人去就醫，他們沒去上學，一直在家裡，跟著媽媽跟前跟後。有一個現在都五十幾歲的傻男。不叫也不唱，很乖，像個破娃娃坐在那裡。他媽媽去哪都帶著他。媽媽現在八十幾了。還有阿毛弟的姊姊，都是。沒有人知道那是一種什麼病。

很多廟後來也聰明了，看看是醫不好就不會收的，沒有人敢收。阿嬌姨說有經驗的師父看一眼就知道會不會好，他會知道附身在上面的東西強不強，太強的話他自己治不了，硬去治的話他自己也會倒楣的。現在，發瘋就發瘋。已經沒有精神病院，淡杯被正名成普通醫院。沒有關押，沒有病房，沒有巫師，只有付錢給別人照顧或自己照顧。

我四姨的廟現在也沒有收人醫病了。她說，這年代人是不能亂收的。她的廟非常大，如何有頭緒去要到這麼大的地、如何建這麼大的廟我是連邊都碰不到的。她們一家就住在廟的二樓，總共有幾間房間我也數不清。阿嬌姨偶爾被叫去顧廟，那裡隨便都有房間可以住。

我四姨一家五個小孩，全部只有高中畢業，可他們個個容光煥發，對賺錢很有一套。不像我這種老實家庭，雖然全部大學畢業，可每個打工仔，臉都是乾的，老老實實地混口飯。我分辨不出他們兄弟的臉，因為每張都是那樣的容光煥發，我這一代人都沒有的容光煥發，可能是從小住在廟裡的特徵。從小住咖啡店的人也有種特徵，他們有世故的感覺，像阿嬌姨我媽媽都是。像我這樣從小沒有咖啡店也沒有廟，住在一個乏味家庭的人，自然沒什特色。我們非常老實，老實到只能當老師。我兩位姊姊又複製了一種老實的家庭，我感覺她們的後代一定又有人當老師。

所以我喜歡和世故的人混在一起，或是一些頭腦不清楚像阿嬌姨這樣的人，或是一些不明不白落單的。在外公開咖啡店那個年代，有一些沒妻沒子的，自己逃難到這裡的中國人。久了以後就沒有人問他們，你的老家在哪裡、什麼時候來的。通常是年紀比較大的，他們已無力建立一個新的家庭，又回不去了。他們三不五天出海去打魚，有一席床，有飯吃。他們吸飽了海上陽光，吸飽了鹹鹹的海風。沒出海時就在咖啡店坐上一整天，那年代不打牌不打麻將。討海人就喜歡坐著，或者逗逗當時還是小孩子的阿姨舅舅們。

我媽媽還記得那些人，我也記得一兩位，我偷偷看過他們。已經很老很老、很黑很瘦，滿是皺紋，老是坐在同一個位子上的誰誰誰。他們身上有一種沒有家的漁夫的味道，穿著乾乾淨淨的白背心。他們也會去坐在海邊的涼亭，或是漁夫廟外面的長椅，在那裡午睡。好在外公的咖啡店被推土機推平前，這些落單的異鄉人已經相繼離世。聽說安葬都是大家一起出錢的，全村人都會出來一起送行。雖然都是出海人，可他們信入土為安，要土葬。他們死的時候有時連原來的名字是什麼也沒人知道。他們的本名已經消失，之後也不會有人記得他們。野芒果呀小燕子，野草比稻米高了。

阿嬌姨就在那裡，住在那間破廟裡。一個人睡在那裡，睡在神像前面，睡在三個蒲團上，沒有床。那其實也不是別人的廟，就是我四姨的舊廟。他們現在搬去新廟了。舊廟很破，平常是大門關上的。只有和廟有關的節慶才會開，像是鬼節。我去過一次，我四姨會張羅一大桌乾糧飯菜拜拜。一些不知從哪冒出來的老人中午會坐在那裡吃免費的一餐，還有咖啡可以喝。當然喝的還有鬼。鬼也喝咖啡。有些老人是把咖啡當水喝的，我阿公就是，還活到了八十幾無疾而終。他每天盛一大瓶一千西西保溫瓶的黑咖啡。他和鬼喝過咖啡，有一隻眼是瞎的，嘴是歪的。他沒有一張正常的照片，連葬禮上的大頭照都是單眼斜嘴的。我爸爸對此很在意，他很早就對拿著相機的我說，給他拍張相，可以放在葬禮上。可我當時沒照好，檔案也沒留著。

舊廟在四馬路尾，路邊一排的矮房。廟很好認，入口是一個大木門，白色的，脫漆的。上方有一個三個字的大招牌。主神是一位有鳥嘴的神，我忘了祂的名字了。一排的神像後方，隔了一道木牆，是放不下餐桌的廚房，裡面有一座灶神。阿嬌姨叫我拜一下。她叫我拜，我就拜，因為我相信她。廚房內有個窄小的樓梯爬往二樓，上面大小就和廚房一樣。沒破損前應該很舒適，三面採光通風，且前面有廟庇佑。不知道誰曾住過這裡，沒破的話我也很想住。現在屋頂漏水，像鬼屋一樣破爛有破床墊破傢俱，爛得可怕。

小時候阿嬌姨和我們那群小孩說：像這樣，把你的手掌對起來，兩邊感情線合起來就是你未來老公或老婆的臉。阿嬌姨自己雙手對起來的掌紋裡，那張臉只有一點點，好像是一張正在消失的臉。阿嬌姨自己應該是知道的。她早知道自己的命運，知道了又能怎樣呢？阿嬌姨是胖娃娃，又黑又胖又醜的娃娃，還是個假娃娃，不是真娃娃。她的臉因為長期曝曬，陽光已經迅雷不及掩耳地把粗黑的線刻上去。

她的雙眼看上去有些錯愕。對變老這件事，她竟然追上了她姊姊。她看上去就是個舊的、沒有人要的人。舊式的臉，舊款的衣服。這裡沒有春天，她一輩子沒有春天。不過，她不知道春天，所以沒有關係。

當然，我們認識她的人，不會在意這些，這些醜得活生生的人。這裡的人就是這樣。你要是穿得像城市的人，那要小心被搶的。你也不能戴金項鍊金手鍊還鑲鑽石珍珠，會被砍斷手的。金色在這裡太招惹，我們招惹不起。在這裡衣服就是衣服，遮蔽功能的衣服，無關美。美在這裡失效，過期。太陽的掃把抽在每個人臉上，阿嬌姨坐在她阿爸身上像小孩子一樣，在半夜和那些東西過招。

月亮風箏有三個角，在池邊的木錦花樹。燕子飛呀飛掉了下來。

那個晚上，當我想到那些風水、運勢書是如何造就阿嬌姨的一生時，我突然感到憤怒。為什麼這裡的書店就不能賣一些別的書？這裡書店賣的書，造就了這裡、這麼多的人。他們不是不愛看書，而是沒有對的書、沒有足夠多的書。除了這些沒有斷過的風水書，就是那些有一堆美女照片的穿衣服書，還有幾家爛出版社出的爛小說。我以前進書店還是可以挖到一些經典書，現在連這些都消失了。那些書就像那些滿街的廉價商品一樣，用一用就壞了。

我二姊也很愛看書，書不離手的，她看言情小說。我小時候她就看這些書。現在我瞥了一眼她在看的書，還是這種書，阿嬌姨也是。我小時候她看衛斯理，現在還是。只是字太小，她慢慢看不到了。我的下一代更沒書看，他們被手機奪走了。

這裡的書店越來越爛。人們認真地讀報紙，報紙又有什麼好讀呢？我恨那些書店業者，把這裡搞成文學貧民窟。可我自己又是個失敗的讀書人，我讀的書比他們讀的報紙、小說多一百倍，可我沒有成為有錢人，還沒有說得出口的工作。我拿不出錢給我父母，我又能說什麼？我自己開的車好像已經迷路了，我媽媽那些時鐘不準的滴答聲已經傳到我身上，越來越慢，漸漸失準。這裡對我的誤解、對我的嘲笑我也越來越無法忍受。

所以我想要寫那場火。我想要去看火。看那十倍的熱。我的少年火。我想看那種焦黑的東西想聞那種味道。燕子醫生叫我坐下來休息一下。叫我吃營養一點。在那一大片泥土中。長出一隻手。我要戴上那花圈。套上白衣服。從那裡開始就不正常了。就頭腦有病了。燕子醫生，泥漿從上面流下來。熄滅了大火。十倍大的火都被熄滅了。

我媽媽喜歡把東西收在一個個抽屜裡，那些很大很深很難用的抽屜。她把我的東西收在一個抽屜，阿嬌姨也有一個。然後她在抽屜外面寫名字，這樣才不會一直去翻找。那房間有好幾個抽屜櫃，都是從回收站拾的。這房間她不睡，沒有日照有陰氣，她就拿來放雜物，當客房給阿嬌姨睡。阿嬌姨的老公算命佬走後，有一陣子阿嬌姨就睡在這裡。後來我媽媽、我四姨去幫她收拾那間家，退了租。她住到舊廟就是這之後的事，日本鬼男人也是這之後的事。

在外人眼中阿嬌姨是街友是收破爛的，她在那些流浪漢、遊民之間打轉。當然你也知道她不是真的沒地方住，她可以來住我媽媽家，也可以去住四姨的廟，房間多的是。她選擇的是一種外面的生活，她每天以一台老舊腳踏車代步，她不在我們的時間裡的。她有時會跟我說那些人是如何生活、如何過夜、如何住在那些沒水沒電的破屋裡。我就喜歡聽她說這些。我知道他們都和阿嬌姨一樣，是在時間外面的人。我媽媽我四姨很常斥責阿嬌姨。不要責備她。那時候我已經知道我要寫她了。我知道她需要的是稱讚，她要她姊姊們說，阿嬌，你地掃得很乾淨！你今天穿得很美！不過，她真的打掃工作做的不怎麼樣。但這行老缺工，她還是可以三不五時有工作；不然就受雇於這兩位姊姊，倒也不愁吃。

我媽媽看上去很老，小她二十歲的阿嬌姨看上去也很老，這裡的一切都在催人老去。這裡的書店、學校都越來越無可救藥。他們嘲笑看書的人、把寫東西的人當神經病。小孩子在沒有書的環境下長大，一直到結婚生子，一直到老死。

我媽媽，正在打掃。打掃就是她活著的跡象。阿嬌姨，正在鋤草。我大姊，生五個小孩，在學校當老師，現在已經是校長了。他們都是對生命盡責的人。我寫了十幾萬字，不多也不少，我也對我的生命盡責。所以，不要怪我。我去了台灣整整二十年，寫東西寫了整整十年，我們都是一樣的，我們沒有不一樣。

我媽媽還是拾鞋癖，撿別人丟出來的鞋子。我看了那些鞋明明就是廉價品，又不是名牌。她也分辨不出，撿了一大堆。家裡都是鞋子。我們鄰居有一位撿包包癖，撿了一堆包包，不用說都是廉價的。我媽還替她說話，說，因為她以前很窮，買不起包包。

阿嬌姨永遠都是穿拖鞋的，她沒有別的鞋，連拖鞋都不成對。她就做粗工，打掃的水、髒水就直接弄濕了她的腳。當然她的腳狀況很差，不知道是髒、還是皮膚病。這樣一雙腳就是她人的縮影，好像一隻疏於照顧的狗。泥娃娃啊泥娃娃，我做她媽媽，我做她爸爸，永遠愛著她。

可能是照顧我外公那段日子她變了。她的美髮院消失了，變成最疼她的阿爸最後的房間，最後的床。外公走後，我大舅媽成為咖啡店的掌權。甜甜的汽水味不見了，開始有寄賣肉包和糯米雞的味道。她的姊姊們都出嫁了，哥哥都離家了，她也走了，從此放棄美髮手藝。年輕時她把自己弄得那麼好看，那麼端莊。自那以後她都在毀壞自己，她不喜歡看到鏡子中的自己或別人，她不再喜歡和別人熱情地交談。那鏡子裡面都是她阿爸最後的身影，都是那尿味混了汽水味。

淡薄的月亮沾了層泥水。月亮膨脹進阿嬌姨的腦。她的頭變大了。在泥土中爬動。濕漉漉的泥土。她走了就沒有再回去了，她很晚才出嫁。她搶先走到自己的老年裡，她懷了一顆比老人還老的心，比她的姊姊們都還老的心。她把自己變成流浪漢，毀壞自己的美。所有的女人都在對抗老醜，她是相反的。而且她還是多事之人，我們以為她先生算命佬的骨灰就安放在修德善堂了事。未料他走了超過一個月後，可能因為他的魂還在外面走來走去。不知從哪捎來的消息說，他的老母還在，出於情義我們得送他回家。

黃藥水倒在阿嬌姨的手上，割草時受的傷。她身上被結結實實縫過的一針一線。這身體真重。軟了。長大了，旺盛的破爛啊。燕子去大楊桃樹上了。

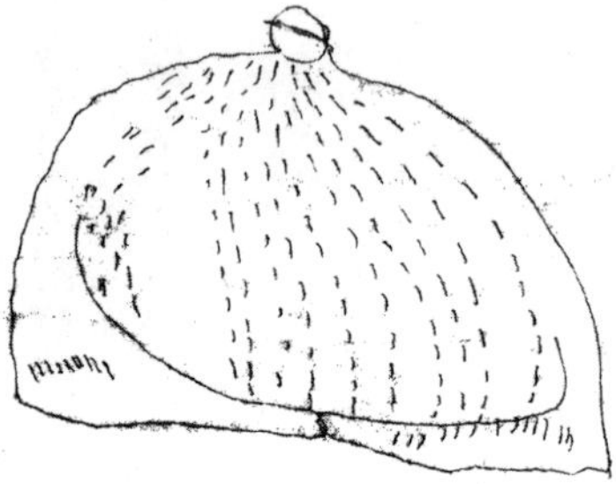

4 單身山

拿一件白色衣服
幫你穿上
去燕子那裡
去叫牠母親

阿嬌姨一開始就是在被火燒的廟遇見算命佬的。他在那裡擺攤算命。總是會有不知從哪來的、外地來的算命人來這裡討生活，他們有各式各樣的算法。有卡牌的、有帶鳥的、有看手相臉相的，他們當天來，當天就走，不知消失去哪。算命攤是我最愛偷聽的地方，我老是流連於這些，不去幫我媽媽賣鞋。算命佬來的次數多了就不走了，在鎮上見到他的次數也變多了，看來他混熟了幾家咖啡店，生計有著落了。

他們之前的家在六馬路，我媽媽叫我去看過，去看看的意思就是看她缺什麼。那是租的房子，很老舊的、沒人要租的那種，很可能還會漏雨。房裡有一張蚊帳，罩著地上薄薄的床，旁邊都是雜物。這樣的房子也不用開伙吧，沒有爐灶，要說是新婚家庭的話一點也沒有跡象，倒是兩位拾荒人相依為命的小窩。

他們的結婚沒有一位親戚到場，沒有人關心算命佬是從哪來的。大家也不看好他，職業不正。沒有鮮花，沒有照相，一張都沒有。我感覺這兩人不是結婚，只是權宜之計。算命佬幫我算過，不用錢那種，簡單看看手相。不過他說什麼我一個字都沒記好，可能是沒什麼要緊的吧。

結婚不到一年算命佬死了，死在政府醫院裡。大家不避諱地問阿嬌姨，他有沒有遺產？

沒有。

現在才有人問她，為什麼你們要結婚？都那麼老了。

阿嬌姨說了一句很含糊的土話，我聽不太懂。反正我本來也沒有好奇，大家把結婚看得很重，說成人生大事。阿嬌姨怎麼可能和他們一樣，她一定以為這是玩家家酒。算命佬怎麼死的，我們跟他不熟也懶得問，反正這裡的老天沒眼。死也不是什麼奇事，他也已經年過半百了。

我媽媽拿一百塊給我，叫我開車載阿嬌姨把算命佬送回他老家。老實說我不習慣開遠路，而且那地方我沒去過、又是很鄉下的路、要和骨灰罐同行令我沒膽。可那時候全世界都很忙，只有我們兩個閒空過頭的人。他的老家在中央山脈下的山腳村。我們都沒去過，我們全家人全部親戚沒有人去過那裡。見識最廣的大姊夫查了一查說，是很早期的山村，有不少山裡的原住民的。他們應該是靠山為生，捕山河的魚、砍山裡的柴、或採集山果的。反正我也只能硬著頭皮去了。兩百五十五公里，我要開的是此生最長的車程。我平常頂多開三十公里，是個只會往前開不會倒退也不會停車的人。

那天晚上我研究地圖。你看到那座山嗎？叫單身山，因為它孤身在那裡，所以叫單身山。雨下了一下又停了。我早早上床，等眼睛適應黑暗，再把黑暗拉上。兩岸都是一樣的荒野。阿嬌姨在一頭，我在另一頭。我喊她，也喊我媽媽。她們好像都重聽了。

我慢慢開到了那小鎮，花了比平常人多一個小時的時間。停在路口的華人雜貨店，一問很快找到了算命佬的家。一間高腳屋，斜斜的樓梯爬上去。沒有人去摘的紅毛丹樹，結果纍纍滿樹頭都是，地下落葉厚厚一堆沒人去掃。那裡什麼東西都有一層貓尿味。洗過的貓尿味，新尿上去的貓尿味。隨時都有貓在窺視我們的一舉一動，好像一個已經被貓統治的國度。

那裡的房子像我們海邊的村，怪不得算命佬他會留在那裡。我知道這種沒有門牌的地址，只有路燈編號，所有的信會被送到路口的店家，大家再到那邊去找自己的信。以前外公家就是那樣，全部信放到那裡，掛在時鐘下面的一個籃子裡。

和外公家一樣的木板牆，一樣的水泥地板。板屋的牆上一樣掛了家人遺照，看得出來是算命佬的父親。可能因為過世時的年齡都差不多，兒子和父親長得很像，因為他們共用了一樣的靈魂。那張父親的臉會再被生下，一直生下去。所以他們才說每個家庭都要生到一個兒子，才可以把父親的臉傳下去。

算命佬的老母親穿的是那種光滑的細花布料，和我阿嬤一樣的老人衣。她的腔調我沒聽過。她的臉不像華人，黑褐色的臉，頂著全白的短髮。她請我們把算命佬的骨灰埋到山裡的泥土。她相信山。因為單身山會永遠守護這些孩子。她說，人死了就用草蓆捲起來，包在泥土裡。活著被規範包圍，死了被泥土包圍，再好不過。

房子裡有股鬼魂的濕氣。當我們坐在那沙發上，那牆上的掉漆，外面的野草都探頭進來。算命佬半白的身影就在她老母親身邊，我看見了。他好像想和他老母說什麼。濕氣濕了他的頭髮，被拉長的脖子紅紅的，濕氣覆蓋他全身。東一塊西一塊的濕氣，山氣，水氣。我迫不及待想要逃走，雙腳微微發軟。

山頂上什麼樹都長不出來，鋪了一整大片一整大片的豬籠草，還有細瘦的高山蒼蠅。豬籠草會緩慢地吃下牠們。那些都是神的地方。任何一棵植物，你都不能帶走。那是山的豬籠草，不是給人的。不管你拿了山裡的什麼，回去都要變成月亮的。像月亮那樣變來變去。去到山裡面，那些魚，那是山的魚，我們外面的人不能捉的。山河有一種有乳房的魚，牠餵奶的時候，乳汁把河水都染成銀色，所以附近有條河就叫銀河。

無論如何，算命佬決定離開那個像月亮那樣變來變去的地方，像月亮那樣變來變去的親生母親。他沒有提過他自己的家人。阿嬌姨說，一兩次，他會提到山河水。好像他就在那裡玩，在那裡學會了算命，在那裡看透了一生。從山上沖下來的泥漿，積滿雨水的廢礦區。從後面的油粽園進到山裡，離這不遠，就在那邊。老人說，那是算命佬常去的地方。我推著阿嬌姨說我們得走了，我們不會弄這些，不敢弄。我們馬上要趕回去了。我們把骨灰安放在祖先牌位上，拜了拜轉身就走。摸摸你爛掉的脖子，已經把臉洗好了。讓泥土覆蓋在你生病的臉上，讓風來治療你的疼痛。

為什麼他要現身呢？風已經拉長他的身體了。我們也帶他回到了這裡。我還聞到一股異臭，異腥味。阿嬌姨坐在那裡，好像渾然不覺。我默念佛號，假裝聽不懂老人的話，假裝有急事得走。這濃濁的山林氣味，再不走那十幾公斤的濕氣就要吸附到我身上。

阿嬌姨不會怕這種東西，她和她阿爸的魂在一起。在車上，我緊緊收妥每一根頭髮，全力加速。整台車在咻咻中開著。阿嬌姨和我說過奮力跑可以把鬼魂甩掉。一路大雨，我閃神差點撞上路邊。緊急煞車，還好沒被後面高速的車撞上。阿嬌姨說看到一頂古人的大帽子罩在我們車上，保護著我們。

什麼帽子？我轉頭看著阿嬌姨。

古代的人的那種帽子。

我看前看後，當然什麼都看不到。

回去後我病了五天，陷在一張床上。我感到自己中了黑頭病。雙手雙腳都在軟軟的無力發冷。我媽媽去幫我拜拜，幫我還米。我躺在那間有日出的房間，任破曉陽光一次一次刺穿我體內，讓烈陽吸出我的穢氣。我再度穿上人樣的外表，幾隻黃色嘴巴的八哥在我家門口徘徊。我去找了四姨，找她帶我拜拜。我像白痴一樣又跪又拜又繳錢，不拜不成器。

把這種有味道的葉子塗你全身，死掉的靈魂就不會附身。我摘了很多我媽媽亂種的沒結果的柑橘樹葉子，拼命往全身搓。一直到天黑，馬來人的祈禱聲從天空傳來。

那天晚上我夢見一個有泥土的房間。滿地的雜草。我的肺，變成窗枱。我媽媽帶我去種菜，在那個泥土房間裡。我媽媽帶我去外面燒枯枝雜草，火很大，燒到我們都出汗了。

後來，阿嬌姨自己告訴我算命佬的事。

算命佬出入於各家咖啡店，除了算命也算四個號碼、彩券的四個數字。他是有良心的算命，不是那種騙人的、遊說你改名、叫你全家人改名、改一個名字多少錢那種。我遇過那種，還是我媽媽的中學同學。兩夫妻一唱一和。那太太原來是幼稚園校長。說是校長，其實是她家裡自己開的幼稚園，早就倒閉了。我媽媽被騙過幾次。可能因為是她高中同學吧。她說我們全家人的名字都不好，改一個五十塊。我們後來都沒改。

有天早上六點多，天還沒全亮，算命佬準備要搭王老闆的順風車，到另一個小地方幫人算命。到王老闆家外面等時，瞥見一位穿花睡衣的老太太進進出出，愁眉不展的樣子。後來在車上說起，王老闆說他們家沒有老人，他媽媽已經過世了。但那老人的模樣，應該是他媽媽。

算命佬叫他要去拜拜問神，因為老太太看來是在擔心什麼。果然是王老闆的太太懷孕有些問題，他媽媽在操心這才會現身。後來還了一些米，他太太也順利生子。因為這樣傳出去，有了些口碑，慢慢有更多人找他去算命。

那天是有人叫他去巴口幫人算命。那間房子太凶了，有人上吊他不知道。他在那裡突然就中了。頭被什麼東西拉得高高的，全身是硬的。你沒看過不會相信的，一看就知道是被吊死鬼附身。那些人把他送去醫院。其實送錯了，應該送去廟。醫院哪裡可能治得好，我很晚才知道。因為我沒有手機。我去醫院他全身都硬了，被拉得很長。

阿嬌姨說，以前他們海邊有位大嫂突然神志不清，好好的突然發瘋一樣講瘋話。她先生找來了師父。師父用線綁住她左邊的手指和左邊腳趾，一邊用針刺腳趾，不停地用咒語逼問：

你是做什麼的!?你沒有爸爸媽媽嗎?你沒有爸爸媽媽嗎?

附在她身上的小鬼最後一定要說出主人的名字，並求饒，放我走！放我走！放我走！

大嫂活了回來，據說是無意間得罪馬來人。

更早以前，在內路武吉摩，有個馬來孕婦，乾乾淨淨地產下一子後。突然判若兩人，拒絕抱孩子或餵奶。接生婆和村人於是判斷她在生產時被不好的東西附身了。他們找師父來唸咒語，把黑胡椒硬塞滿她的手腳指甲。女人不停亂喊亂叫。她越是亂喊，大家覺得那鬼越烈，找壯男來壓制她。

不知道是誰說了，要熏她，惡鬼才會出來。

於是他們找椰子殼來燒，加上刺激的胡椒、辣椒等，把她固定在一個平枱上。臉朝下讓火熏她的臉。女人不停掙扎。發出的聲音越來越狂亂，人們越是壓制她。

這時有位老師經過，說，你們該停止了。他們說，這不關老師的事。

後來又有其他老人一個一個上來說，你們該停止了。他們說，你們不懂。

白天的時候，他們發現女人的臉都燒焦了，身體也有一些。

他們被女人的模樣嚇到了，特別是女人的媽媽和先生，可是，這又是他們允許師父去做的。接著女人變得越來越虛弱，不到一天就死了。她的小孩也在七天後跟著媽媽去了。

因為這樣，臉燒焦的女人變成鬼。那些一個個冤死的生命變成鬼。

那女鬼抱著一個嬰兒，她會敲敲你家裡的門，你把門打開她又不見了。她一個人抱著孩子有怨氣。誰家落單的小孩要是看見她，也會嚇得病幾天，或是一輩子都不會好的病。

那些頑固的鬼，也有的是從地獄深處來拜訪人類的鬼。他們是夜晚的孩子。是死人的舌頭，已經回去露珠那，很快會回到天上。只有太陽可以鎮住他們。在山的最遠的紫色迴圈裡，鬼從那裡來的。

他有回來找你嗎？

有，回來過一次。

那時還沒出殯，可我卻看到鮮花都被清掉了，看到裡面算命佬的遺照，前面有香爐，我感到算命佬在我背後和我一起往靈堂裡看。因為那時才剛死，不會太冷，如果是死很久的人，身體會很冷很冷。

我還作夢，在你們家外面的百貨公司前面，有一個穿白色衣服的長髮鬼，不停地走來走去、走來走去。他好像發現我在看他，慢慢轉過頭來，竟然是算命佬。他的頭髮變好長好長！我和他說，你應該去找阿朱師父超度，夢就醒了。

回到家我在夕陽下狂打蚊子。自己神經病在屋外給蚊子叮，打到覺得自己瞄準失效，全身的悶氣已經滲漏。一直到天色全黑，路燈亮起。然後我去海邊吹風。要吹到夠強的風，把身上的穢氣吹走。

海邊的人說那些靈異事件，是因為你不小心坐到了神的肚子、坐到了神的手、坐到了神的心臟。有些樹是鬼種下的。鬼棉花樹，落下的棉絮是給鬼搭乘的。白白的、一朵朵海綿狀的。那些白色的東西漂在水上，不要去撈它，讓它們自由地浮在水上。

那些細瘦的河邊草叫鬼根，鬼種的。還有那種細細的、爬在大樹上的，是鬼舌頭。鬼細細長長的舌頭，不要碰。那些都是鬼的花。最常見的是鳥巢厥，那是女鬼的巢，是鬼的家，都是不能砍的。你不能砍別人的家，不能砍別人種的東西。

後來我和美術系學姊去了算命佬的老家山河，我們專門喜歡去落後地方。再一次經過算命佬的家，再一次看了那家路口雜貨店，那些草都黃了。我們看到了一個孤獨的馬來少年，像死了母親一樣坐在河面大石頭上。我學姊偷拍了他的背影。她拍了很多照片。那塊黑黑的大石頭，白花花的水，沒有雲的天空。那張照片我學姊很喜歡，洗很大張貼在她房裡。學姊後來癌症走了。我去了她房間，帶走了這張照片，現在在我牆上。

學姊的家在吉隆坡郊區老組屋，每一面牆都像被污水浸泡過。她生病後才搬回家的，因為長年在外，她沒有自己的房間。房子本來就很小。只有客廳、她媽媽的房間是有採光的。她住在大門打開旁邊的貯藏室裡，沒有窗。家裡平常沒什麼人。她會把門稍敞開，她在裡面畫耶穌。

那個時候，她已經知道自己生病了，自己種小麥草吃。我也知道她生病了，可我不知道怎麼安慰她，說什麼話都不對。我們在台灣一起住過，在某個五樓公寓的雅房裡。那裡有兩扇窗，我們一人佔一扇。我們邊聽音樂邊畫畫，她畫自己的裸像，畫自己的手掉下來。整幅都是濁的藍色，很大張的畫。那幅畫她沒有帶回來。太大了，太大的東西我們帶不走的。

她很快就身體不受控了。她的家人還是一次又一次帶她去參加宗教聚會。期待那些讚美詩、禱告可以有奇蹟出現。我不想要我病態的樣子被不認識的人看見。不想要那些人為我禱告。注定要死。放手去死。我突然懂了她那幅畫的寓意。

5 到另一個世界去消滅人類

風吹來吹去
恨就走樣了

我媽媽那代有很多十九歲新娘，我這一代還是有不少，十九歲的意思差不多是中學讀完就結婚。我有一位表弟、表姊都是十九歲結婚，結果都離婚、再婚，都是奉子成婚。我媽媽那代大姨媽、四姨都是，她們連結婚照都沒拍，私奔去了。年少誰不氣盛，誰不離家；可不同的是她們沒有離婚，兒孫成群晚年還很受到兒女子孫愛護。

二舅媽阿英也是十九歲新娘。我出生的時候她已經走了。這是他們的結婚照，現在照片褪色了，都走樣了。白色的婚紗成了白色的蓋屍布。他們是沒有童年照片的一代，只有一張結婚照，想看更多都沒有。要知道阿英長什麼樣子，就只剩這張照片了。那年代人被照得很小，只有禮服長長的，加上人後來都變老了，沒有人看得出照片中的少女是誰。後來我們把認不出的結婚照都丟了，人死的也丟了，早晚要丟的。可阿英這張我們一直沒丟。

阿嬌姨說阿英是村裡的美女。這裡的女人大部份都是黑的，一張張黑亮亮的臉，好打理的短髮。男人也不會出眾。要是出眾的話，最好早點離開這小地方。阿英她個子不高，微胖，白白淨淨的。一白遮三醜。看她的結婚照還是看得出來，和麥木娜一樣很美。

阿英第一次到我們家咖啡店就打破了杯子。通常第一次到姻親家打破杯子是有凶兆的。她和我二哥是媒人介紹的。十九歲就嫁過來。二哥大她整整十歲。她死時二十四歲。我那時小學三年級。

阿英順利地生了老大、老二，又懷了老三。兒子、女兒都有了。她懷老三的時候就搬走，好像是和我媽媽有點婆媳問題，但我二哥是很寵她的。她穿的衣服都很美，二哥很捨得把錢給她花。

他們搬到靠近市區的地方，是和包租婆一起住的。包租婆就一個人住，先生已經不在的。她生老三後，在坐月子時二姊帶我去看她。

那時我看她印堂發黑覺得怪怪的，但我也沒講出來，因為還小嘛。我那時就很喜歡看那些風水、運勢、算命的書，《風彩》、《新潮》那些雜誌。咖啡店沒別的書我就看這些大人書。面相啦、手相啦，印堂發黑也是在這些書看到的；還有三白眼、斷掌這種就是比較短命的；走路後腳跟不著地也是比較短命的。阿英就是，她走路是很大聲的。我們其他人在家裡走路是沒有聲音的，她走路就啪啪啪的拖地聲。

那天晚上她就出事了。半夜嬰兒哭，我二哥找不到她，就到外面找，到我們家找，都找不到人。快天亮的時候在他們租的房子、廚房後面的水缸發現她。那種水缸其實是淹不死人的。一個大人站進去水只及腰部。那時為了省水，用來盛雨水、拿來沖馬桶、拖地的儲水池。她的臉浮在那裡，已經死了。後來我們就報警，警察說是自殺。可是她怎麼可能會自殺？我二哥很愛她，我媽媽這邊其實也沒有怎樣，她兩個小孩也都很好。

阿英離奇的死，二哥也有點不正常了。他們說，是不是那房子有什麼，外面的房子不能隨便住的。二哥去探問，包租婆的先生是不是死在那裡。包租婆說不是。她先生是漁夫，是死在海上的。後來二哥回想說，那天晚上好像有聽到撲通一聲。他們看到水缸外面有三滴血，可能是要找三個替身，被拉下去的。

一千隻燕子成群飛，一隻被咬死了。葬禮時，我看到阿英站在那裡，要摸二哥的頭摸不到。我看到阿英在看她自己，看躺在棺材裡的自己。

她未滿月的嬰孩、老二女兒交給娘家。大兒子當時五、六歲，跟爸爸，就跟我們那十四個兄弟姊妹一起住在咖啡店裡。

後來，我媽媽帶二哥去問米婆，我也跟去了。米婆講的話就是我二嫂說的話，她叫我二哥方言的「瘋豬」那口氣是假不了的。她說那天是包租婆先生的忌日。包租婆在客廳拜拜，她在客廳乘涼。不知道怎樣就犯沖了，沖到了。被拉下去了。那時她還在坐月中，血沒流乾淨。

我沒有遇到貴人，如果遇到貴人的話就不會死。

我這一胎如果生的是女的就不會死。

我的陽壽是四十二歲。

我沒有遇到貴人、如果遇到貴人就不會死，她一直重複這句話，一句復一句。直到我二哥說：「我會燒很多貴人給你，我會燒很多貴人給你。」貴人可以燒嗎？那時我心想。

阿英一直在咖啡店裡，我們都想說她會住到她本來應該活到的四十二歲，因為據說提早走的話沒法投胎。

那時鄰居阿東嫂的女兒生頭胎時，在家帶小孩，不時好像瞥見有白影飄來飄去。後來傳來她用布尿布上吊的消息，死了。有人說是阿英害的。她在村子晃來晃去不安份。

阿英的大兒子阿仔跟我一起睡。平常大人都在忙，只有我有空，所以變成當時才九歲的我在顧他。那天半夜他說要大便。我就開了廚房的燈、開了廁所的燈，把廁所門打開讓他進去。然後我太睏，回房去睡。過不久就聽到阿英的腳步聲，她獨有的腳步聲啪、啪、啪，在廚房繞圈。我一下醒了，馬上知道是什麼事，忙出去看阿仔。阿仔在廁所裡，我看見他躲在門後看廚房，正在看什麼可怕東西的樣子。

你在看什麼？

有兩隻黑黑肥肥的腳。

我馬上和他說，不是，那是狗的腳。

阿英一直在我們家。半夜常在走動，她就這樣一直走動。發出腳步聲啪、啪、啪。啪、啪、啪。不只我聽到，三嫂回來也有聽到過。

我那時還小，阿仔很皮，那天白天我用樹枝打了他。晚上我睡著了，三更半夜突然就有個力量把我上半身抬起來往牆上撞。撞了三次。砰！砰！砰！別人看我的話就是自己把頭往牆上撞，撞醒了，是真的痛的，頭昏眼花的。

她沒有臉、沒有手、沒有身體，只有腳。

你們不怕嗎？

我是屬龍的。屬龍屬虎的人不怕鬼。因為一個是天上的王，一個是地上的王。

阿仔八歲的時候，有一次，我二哥帶他到園裡工作，回來的時候阿仔就一直發燒。後來送去政府醫院，阿爸去看，說，沒了。阿仔死後，阿英的腳步聲就沒有再出現過。他們說，阿英太寂寞，要帶走一個孩子。

那時村裡只有一條路，人死後棺材車會繞全村，每家每戶門要關起來。大家都會出來送行。送到村的出口。我從那時就知道死，就怕死。送行有時是順風，有時是強到不行的頂頭風。

月亮風箏，月亮風箏，月亮風箏有三個角，月亮風箏有三條線。那時阿爸就在哼這首歌。

我二舅沒有再娶。他做過很多零工，幫忙家裡種東西，後來農業垮了。他不知和誰學了鐵工。我媽媽把家裡的一面牆打掉做成店面，那扇拉摺鐵門是我二舅做的。他原本有三個小孩，一個走了，另兩個在娘家那裡，後來他們遠遠的搬離了這個不祥之地，沒有通知我二舅。有一陣子盛行家庭工，我媽媽加入、二舅也加入。他們黏貼死人祭品。有時是汽車，有時是電話。一天做一百台紙汽車，做好包裝進透明塑膠袋，封上一條厚紙釘起來。我也看過我媽媽做，我那時忙著讀書，沒有幫她。那膠水味很臭。

我二舅很熱衷做這個，熱衷到代工老闆租了一間破屋給他做。二舅聽著破爛收音機，像小孩子一樣興高采烈地在做手工。我媽媽常會去看他，給他帶些餅乾飲料，他會笑得和小孩子一樣。有時我們新加坡的親戚來，也會轉些錢給我媽媽交給二舅，他看到那些大紙鈔笑得合不攏嘴。還會被我媽媽唸這麼老了還拿人家的錢。我二舅沒有羞愧之意，像小孩子收到紅包那樣開心。

二舅偷拿很多紙房子紙行李箱紙汽車紙電話燒給阿英和他兒子。他在玩紙的家家酒。那些不同類型的紙東西堆疊起來很壯觀，很撫慰人心。他把那些東西疊放得整整齊齊，好像它們比真的東西還珍貴。他好像透過這種東西拉回了他和阿英的關係。在多年的散工後，他還去過新加坡賣烤魚，要一直站在火邊烘烤的；還賣過榴槤，要一直砍榴槤給客人的，都是體力活。找到這樣可以坐在家裡吹電風扇聽收音機的活他很樂。

可後來這代工無預兆地消失了，好像很多事都是這樣正習慣就消失了。他後來去送報紙，死在送報的路上。那時他已經快回到家了，倒在村中唯一小學的門口，被一個馬來少年逆向撞倒的，安全帽都裂開了。他七十歲了還在送報紙。醫院和消防局一樣很遠，救護車很久很久才來。

這裡稻田多。水氣多，比較陰，離海近。海風強，魂都被吹來這裡。阿英的命案後，很多人把那種大儲水池廢了，用自來水了。不要用那種東西。出過命案的房子都空了。包租婆租不出去。她後來也搬走了，不知道去了哪裡。

那些出海難的漁夫，掉進海裡的，更多是我們不知道的冤魂。很多的，也有別村跑來的。

有幾種樹是有魂的，不能隨便砍。像是椰子樹、榴槤樹、香木。

有些樹的汁劇毒，不知道的人去砍。汁液噴到的地方全部腫起來，臉腫到眼睛都看不到。

像那棵樹洞，住了三四隻野鬼。

沒有風，一棵大樹橫空倒下，一個人的手臂被壓斷。

十七歲那年，村裡又多了一個女鬼。騎車去學校路上被雷劈死。一位好同學，沒有做過任何壞事的女孩子，像你我一樣很普通的人。我們這落後地方還沒發生過這種事。不過我們也一下子警惕了。這裡稻田多，空曠易招雷。令我們所有人吃驚的是她是一個這麼好的孩子，令我們憤怒的是這裡的老天這麼沒眼。這裡專門的破爛。專門的惡鬼爛事。

她媽媽說，一個月前，她就說夢見惡鬼來抓她。她媽媽以為她讀書壓力大，沒有理會她。

那天下午一點多，她騎摩托車要去學校參加課外活動。半路上一道雷打在她身上，當場把她燒死了。全部的人都嚇壞了。那是魔鬼抓人的閃電。走歪路來的。飛快無比的鬼臉閃電。

那時正逢定我們未來的大考，我們假借用功讀書來忘記她。大考一結束大家的心就空了。有人說她有回來她的位子，她的位子還是保留的，我們不敢抽掉她的座位。會考證都有她的名字，她是缺考。她的空座位陪我們過了人生最後一個考試。我那天經過她倒下來的地方，可我沒有停下來。我不知道是她，我趕著去上課外活動。

我現在忘記她的名字了。當時全校很多班都發動捐款給她的家人。我們這裡的家庭通常人很多，可她媽媽只生兩個。她還有一個妹妹。自那次事故後，她妹妹很快就離開這裡，一家人後來也搬走了。

後來我們都知道有連續做什麼奇怪的夢最好去拜拜，去問神。女人的內衣褲不要曬在外面，小貝比的衣服也不要。被鬼知道這裡有女人有小孩，容易下手。那些鬼都在遠遠地看著你，看好不好下手；或者是等著做你的孩子，等著做你的孩子的很多。我們也知道自殺都是假的，其實是鬼在找替身。

那黑色蝴蝶。黑色蜻蜓。破掉的翅膀。壞掉的禮物。都要小心。

生平不用再寫了。不用填滿。你看。月光下那匹紅色的馬。那是神騎的馬。看到祂的時候，就是有事要發生了。

二舅打理的菜園已經荒廢了，地上自然長出這種五點花，紫紅色的。五點花是這裡的野菊花，要拜拜會剪一束去插。很耐，很雅。花瓶他們用的是中國製的藥酒瓶，本來就有腰身形狀的瓶子。等我長大後想起這種花，馬上意識到這又是一個我們自取的名字，也許是我表弟瞎叫的。

這裡的晚上都是黑的，沒有路燈，整條路都是黑的。村子只有這條路。清晨的時候有時會起霧。透明的黑霧遠遠的走在人前面。我的眼珠在縮成一樣的黑，身體也是。清晨出發的船馬達聲嗒嗒嗒嗒的發動了，看不見前面的。

那個一年來一次的潮州戲班，把臉畫得像另一個人，和我說，你們這裡風景很美。那個晚上，我們一起搭上一個漁夫的船，到漆黑黑的海繞了一圈。他說，以前有個漁夫經過一個島，看見上面坐滿了人，於是好奇上去看看。島上的人告訴他這座島的名字叫鬼島，引他去見鬼王。漁夫問鬼王，你們這麼多鬼是做什麼的？

鬼王說，他們是瘋鬼。如果覺得肚子餓了，就會到另一個世界去消滅人類。

6 從黑色的炭出來的鬼

如果是鋒利的，請讓它變鈍
如果是重的，請讓它變輕
如果是痛的，請讓它變好
如果是熱的，請讓它變涼
如果是有毒的，請解掉它
如果有火，請熄滅它

我媽媽一直很想和我爸離婚。我爸爸自己在一個小地方工作，我媽媽帶著全部小孩住在阿公阿嬤家。我十三歲那年，我媽媽終於忍無可忍，用畢她的積蓄，好像還和親戚借錢，在她娘家旁買了一間二手屋。屋子很破舊，木板的。很多壁虎、老鼠。地上沒有地磚，只有水泥。我媽媽一個人整理，自己刷油漆。我們在地上打地鋪。她去買那種很便宜的塑膠草蓆，鋪在房間地上。然後她找了張世界地圖用透明紙妥妥地包好，貼在牆壁上。在我們小時候的家，牆上也有一張世界地圖。只是我當時小，不知道是她貼的。那時候我兩位姊姊已經到外地讀書了，偶爾才會回來。我哥哥被宗教召喚，住到佛堂裡去了。那間房子就住了我、小我一大截的弟弟，還有她。

房子在大馬路旁，門口打開就是大馬路，對面是馬來墳墓。大卡車大貨車經過我們家地板就地震。房子的一邊是一條大溝，天然的，像一條小小的河，因為近海，也隨著海水漲落。靠河的那邊不時要填土，因為會慢慢地坍塌，感到地面越來越斜。她會叫一大卡車的黃土，倒在家門口。我們用雞公車和鏟子自己去填。我在那面牆用毛筆抄在學校裡學的陋室銘：山不在高，有仙則名；水不在深，有龍則靈。

房子另一邊是我大舅的可可園。可可園後面有一戶捕漁人家。漁夫家隔壁，就是我外公的咖啡店，不過那時已然面目全非。外公過世很久了。我媽媽有一次感冒一直沒好，隔壁漁夫太太還煮了草藥給她。後來她想到可以去那裡問一問她阿爸，結果回來就好了。我在可可園綁了繩子做的吊床。聞到可可晾曬時的臭味。我專心思考太陽。思考肚臍。思考舌頭。我迷失在可可園前面的香蕉溝裡。我表弟砍了老香蕉樹的幹。我們做的船。我的臉躺在船上看太陽。去嘗嘗骯髒的水。我的髒臉在樹杈上。去跑過外公家的一間間房間。

我媽媽把在馬路上被撞死的貓拿到可可園埋葬。可可樹噴農藥的時候我大舅會和我們講，叫我們不要在那裡玩。地上被農藥清理得很乾淨。沿著咖啡店旁的小路走下去，就是海邊。我們說的海邊只是一個能遠遠望到海的避風港，一切都很簡陋。黑黑的爛泥，破爛的木橋，垃圾、臭掉的死魚、亂竄的螃蟹、陷在爛泥裡破掉的漁網。那座被火燒掉的廟就在那裡。有一次我在廟外草地上看到一隻奄奄一息的猴子，急急找了個大木箱放在腳踏車後座把猴子載回家。打電話給家裡開中藥店的朋友，直覺他有一些傷藥。猴子沒有活下來。我拿鋤頭去可可園挖土埋葬。

有隻穿山甲跑進我們房間，很大一隻。四腳蛇更不用說了，這種臭河水簡直是牠們的天堂。牠們在水中愉快地跳求偶舞。還有群體出現的水獺，凌晨跑到我家門口嘰嘰喳喳講話把我們都吵醒了。當然我們不會傷害這些動物。很多年後我媽媽和我們說起她決定搬離那房子的原因，是半夜有條蛇橫過她的身體。當時她沒有和我們任何一個小孩說。她開始在房間、房子外圍撒硫磺粉。那房子離河太近。

她把面大馬路房間的牆打掉，開了一扇鐵門，在那裡開她的衣服店。她的顧客主要是馬來女人。賣內衣、內褲、頭巾之類的，我不是很清楚。因為沒有一件是我想穿的。那裡離市區遠，沒有外出的女人們不太好買到這些。她很少固定在店裡，在那裡顧店她會覺得被綁住。有人拍門她才開店，更多時候她是騎腳踏車進到馬來村子裡去賣。那時候她做什麼我已經不會跟著她了。有次看見她在縫一件奇特的內衣，原來是在幫一位買不到尺寸的馬來人做內衣。她說她的奶大到坐著就垂下來碰到地上。

我在那間房子找不到一個自己的空間。在她衣服店隔起來的試衣間，我在那裡安了自己的窩。在那個狹小的空間睡在地板上，伴著外面路過車子的餘震睡覺。另外還有兩個房間，都是沒有門的。有一間連牆壁都沒有，只有一塊布。木板牆沒有延伸到天花板，上面是像籬笆的洞洞網，全部都是通的，沒有隔間，都關不起來。

我需要一個密閉的空間，沒有人可以進去的，可以把全部東西關在外面的，我在這間房子找不到。在那個試衣間試過了。在那個泥土會傾斜的屋外也試過了。

我十四歲離家出走，我要去找一個可以密閉起來的空間。我和爸爸要了一個月五十塊錢去繳房租。找房很順利，我班上同學阿敏因為家住很遠，比我早一年就離家出走，和大她一歲的哥哥住在學校後門的一座大房子。這房子隔了很多的房間，感覺是專門租給學生的。房東是一對年老的夫婦，好像是教會的。聽說如果有人生病了，他們也會帶去看醫生。

房子本體之外，又加蓋了後舍。後舍差不多有四五間房間，後舍和本體之間，有公共的空間，簡單的瓦斯架、可以煮水、煮泡麵。大部份是男生住，聽說是後面班的男生。大家互不干擾，也不惹事。我、阿敏都住在房子本來的房間。每間房住兩人，有一張上下鋪。

那時候比我早住進去的室友是馬來學校的學生，外地來的。那時候，和誰住在一起都不會有問題，對其他人也不會有太大興趣。大家都是湊合住省房租。很多年後我到吉隆坡讀書時也是和不認識的人住在一間房間。各自去買一張便宜床墊，三張排排放地板上，各留一條走路空間，像現在外勞住的一樣。各忙各的，進房睡覺而已。我那位室友很乖很老實讀書，應該是在準備大考吧。我們沒有深交，也沒有交惡，就是普普通通的住在一起。

阿敏和她哥哥的房間是有對外門的，我的沒有，所以我常去那裡坐。小門打開就是外面。阿敏很常躺在床上做白日夢，看我完全不知所以的棋術書。她會在頭腦裡推演那些棋局，好像是她爸爸教過她幾招吧。阿敏個子很小，她前面有十幾個兄姊，感覺是她媽媽生到最後營養都沒了。不過她想事情很活，數理科很好。我有數學不懂就問她。她從來悠哉悠哉，不太勤奮，功課課外活動都普普通通。

阿敏在那間房間一直住到高三畢業才搬走，我已經不記得是什麼原因，我搬了七八次。其中一次是和阿嬌姨住在同一棟，另一次是和她住同一間。

我和阿嬌姨共住一間雅房那時應該是高中了。開始會喝三合一咖啡，享受夜半啃書的孤獨感。阿嬌姨也很晚睡，她在華人高級餐廳上班，後來我也去打假日班了。餐廳工回到家都十一點多了。有時會瞥見她用打火機燒了神符泡入水裡喝掉，那時我們沒有太多聊天，我們各過各的。

那房子很大很大，也是板屋，在車子進不去的小徑。地點也不差，離市區很近，離我學校也很近。一進門左右兩邊都是一間間雅房，中段有兩排男女共用的沖涼房和廁所，後頭還有好幾間房間。我和阿嬌姨住在後面。那裡住了什麼樣的人我完全沒留意過。大家都很安份，各住各的。

後來我跑去看，房子消失了，和外公家一樣消失了。可能也是火燒吧。所幸那條小徑沒有消失，也沒有變成大路。我問了阿嬌姨有沒有回去過那裡——那裡，她說，日本鬼打來了，在那裡高空直接刺死一個個嬰兒。我的美術老師經歷過二戰，很討厭日本人。有時他提起日本人的罪行，罵他們，都沒有道歉的、一聲道歉都沒有。他說日本人怎樣殺完這裡的人、怎樣殺人不眨眼。有一個倖存者說，作夢都聽見那時的慘叫尖叫。聽過那種聲音的人，沒有人有辦法忘記。他們會變成麥木娜，在深夜出來遊蕩，唱沒有人聽得懂的歌，成為永遠的瘋子。

月亮風箏，月亮風箏，月亮風箏有三個角。石頭在船裡裂開。心的枝條在搖晃。神的力量誰知道。

阿敏和我一樣到台灣讀書。她在某大讀化學，學校很好，還讀完碩士，回來後學無以致用。在我們母校教了幾年書，薪水不高的，後來她出入幾所小學教課外活動象棋。這兩年遇到新冠病毒，她簡直是吃土了。她先生也是教象棋的，在另一座城市教。為了不住進她公婆家，她獨自租了一間房子，還自己帶小孩，小孩並不好顧。我害怕她身上寫的故鄉無用，我想起她的才華。她從小訓練自己一個人的象棋對羿。她在台灣無聲無息地摘下幾次冠軍，從來沒有張揚過。

她的公婆住在一間公會，是公會的管理員。公會裡都是骨灰罐。她先生一家四口住在二樓的兩間房間。她和她先生都痴迷象棋，可這裡教棋沒市場，小學生也不太有興趣。因為比賽比的是西洋棋，於是她和她先生自己辦比賽，自己當評審，假裝互不認識，咬著牙一年一年辦下去。

公會晚上會聽到很多聲音的，很多聲音被鎖在骨灰罐裡。不過他先生一家人見怪不怪。阿敏有婆媳問題，連過年都不去婆家，和我一樣，不過我婆婆已經走了。我們都不會做表面功夫。不喜歡就是不喜歡，不會勉為其難。

阿敏三年前生小孩。為了省錢，去住馬來人開的月子館。她在那裡看到一個紅衣鬼，走進她隔壁房，後來那房間的嬰兒進醫院了。聽說一直發燒，入院五天。

她說她懷孕的時候夢見過一個隆重的葬禮，不知道是誰的葬禮。去廟裡拿那種免費的佛經，回去唸一唸就沒事了她說。她遇鬼後都會這樣。她有九位姊姊，有一位跳彭亨河自殺。她二姊自殺的時候，她才十歲。有一次夢見我二姊眼睛紅紅看著我，我不知道她要什麼。她姊姊是到外地讀書時自殺的，沒有人知道原因。

阿敏的老家在一個偏鄉地方，那地方小小的，只有一間華人咖啡店，一間很大的華人廟。那裡依著一條支流，河水很黃很濁。沒有人會去那裡，風景太普通了。她的十幾個兄姊，沒有一人留在那裡。全部都遠遠地離開。她老家很大，一樓是客廳和廚房，樓上全部是房間，十幾間。客廳牆上掛了一排長短不一的笛，她老爸自己做的。用竹子做，自己打洞，自己貼膜。全部孩子沒有人會吹。她老爸也是中國移民，和我祖輩一樣，我阿公家以前牆上依稀也掛了一支橫笛。

我聽他老爸自己吹過，不是表演給我們聽的。氣流進到那細瘦的管子可以產生如此高亢美妙的聲音，我也很想學。他老爸很大方地送了一支短短的給我，可我吹不出半個音，那支笛也搞丟了。他吹的好像是一首印尼民謠叫〈梭羅河〉，我也聽我媽媽哼過。他們家全部孩子都遠走它城了，那房子剩兩個老人。阿敏的媽媽很愛打電話打擾她，叫她一起去聽那種免費可以拿贈品的講座。阿敏後來怕了，斷然拒絕了自己的媽媽，也不太回家了。

有一次他們家外面的班卒河水災過後，阿敏看到一個不認識的人走進她家，拉著一個小孩子。她爸說以前有個親戚，日本人打來時跳河的。說通常是親人才會進到家裡，她懷孕時在班卒河邊逃跑，跌倒只好跳河的，不想被日本人抓到。後來門口掛了八卦鏡就沒有看到了。這地方現在去一個小孩也見不到。天氣酷熱，路上一個人也沒有。遠遠聽到她老爸的笛聲。一個觀眾也沒有。外面那條河在聽，孤獨的鬼魂在聽，白色的蝴蝶在聽。外面的熱氣壓倒了所有不切實際的東西。

有人自己蓋了新房子，看到櫃子上層有三個人擠在那裡，長得像華人。找師父去處理。師父說它們本來住在那裡，本來就死在那塊地上。有些新房沒法住人，就是因為這樣。有時半夜碗盤被推出來，破在地上，或是吉他在那裡自己發出聲音，要另外立一個牌位給它們住。看你願不願意和它們共處同一室。

阿敏的三姊和姊夫去日本跳飛機過。那時很流行去日本跳飛機，當非法工人。她三姊說她一直想吃素，一種隱約的感覺，可他先生反對。他們到日本是去了哪裡阿敏不知道也沒問過。

差不多是秋冬時候，有一天姊夫突然和三姊說，他想去海邊散步。兩人就去了。

那邊有一個女人叫我過去。

她先生指著海中央，一直這樣和她說。

她硬把她先生拉回家。隔天她得去工作，好好交代了她先生，當時的她很年輕，不知道事情輕重，沒聽過那些見聞。隔天她先生就變成浮屍了。

她三姊回來的時候，整個人縮了一半，縮成一頂假髮，一根拐杖。死日本人、山芭、芭路。她去廟裡拜拜。拜了很多間。神指示她要還一些米，她還了很多。但她也沒有在老家久留，去了另一座城市，好像有一些不好的東西還是悄悄跟著她。那些日本鬼，連去到日本都不放過我們，她三姊說。

沒有人在老家久留，那些遊蕩的鬼魂沒有安息。

那些從黑色的炭出來的鬼。從黑色的肉出來的鬼。
從黑色的皮出來的鬼。從黑色的筋出來的鬼。
從黑色的骨頭出來的鬼。

我媽媽也幫我還過米，我車禍的時候。她去幫我算命，幫我改名。我後來沒有管她，改名麻煩。她動不動去還米，替五個小孩或是她的兄弟姊妹還的。

除了阿敏我還有一個很愛作白日夢的朋友，想東西一下就想通，從來不想努力讀書。他去讀台大經濟系，回來成為除白蟻的人，開著一台專滅白蟻的車上門找我。後來他幫他老爸的木材工廠，車子越開越大台。再後來不知道什麼緣故，他失業了，開始教補習，撿別人不要收的屑開始教，那些很爛很有問題的學生。後來做大了，租了一間很大的教室，載我去參觀。後來疫情來勢洶洶，學校停課停了一年，補習班也停。他改視訊上課，人數掉了三分之二，收入剩原來三分之一不到。

他一點也不避諱成為家庭煮夫。老婆去上班。他接送、張羅吃的給兩個小孩。下午開始教補習。他常問我好不好，我答不出來。從台灣回來那陣子他越變越胖，身體變成雙份。我看著他和阿嬌姨一樣喝著高糖份的飲料，一次喝兩杯。食物也吃兩份。他的不得志報復成不正常的食欲。他以前很會吹笛，和阿敏的爸爸一樣那種，是學校的獨奏代表。他回來後努力賺錢，栽培他弟弟到中國去學音樂。他弟弟成了音樂家還是音樂教授，沒有回來。回來沒有出路的，他說。

他的車子越變越破。學校假期他總是很盡責地帶小孩出去玩，告訴我他去過哪裡哪裡，那些小孩子愛去的地方。回來這裡的人不是當老師就是當老闆，這是很久以前流傳的一句真理。專門說我們這些去台灣的人，大部份人當窮老師，成為受人尊敬付出一生的楷模。通常一輩子沒換過工，沒工可以換。當老闆的是繼承祖業。家裡有開店的、有工廠的。有錢的自己開店，沒錢的當老師。去台灣回來不會賺大錢，去了也不會有前途。只是至少出去過了，回來也會安份一點，到最後也是找個最簡便的方式生活而已。

還有一位想當老闆的同學，把一家要收掉的影印店買下來，問我要不要找他印書。還有一位同學在巴士車站租了個攤位，找人去賣東西。坐在我後面的男同學，老是哼著曲調腳打著拍子，有時手作勢在彈鋼琴，去台灣讀音樂系。他沒什麼朋友，沒有人想理會他，他越是沉浸在自己的音樂夢裡。回來後沒找到工，自己跑家教教吉他。他的身體也變成雙份的。一份夢想消失以後，變成一份脂肪的重量壓在人身上。

我一邊忙著寫作，一邊感受到我在他們眼中徹底的無用。去教書，去教補習，他們老推薦我這個那個。我做著寫作的夢。芒果可以摘了，不用熟透。一個小土坑，泥水坑。一隻小紙船，慢慢沉掉了。我媽媽知道我很熟練貓狗，像她熟練泥土一樣、熟練果樹種菜一樣。她不知道我熟練寫作，可以把壞的寫掉。當然我是騙她的，我自己對未來也很茫然。我騙她我得獎有了一筆錢。我做什麼有一筆錢，就給她買一箱東西。直到她說你不要買了，我還沒吃完。

我把自己關起來，去找了麥木娜。麥木娜，我們要往哪裡去。那力大無比紅色的風。把東西都吹歪了。等你住上一段時間，就會沒了翅膀，或是翅膀縮小了。

穿不上鳥的衣服了，發現手臂變硬了。

拼命揮動翅膀，想要發出鼓掌的聲音，卻什麼聲音都發不出來。

大家都躲進屋裡的大熱天，我去外面砍了那棵榴槤樹，你結不結果，不結我把你砍掉。

樹說，好吧，我現在就結果。

不要把我砍掉。

不要把我砍掉。我求神。

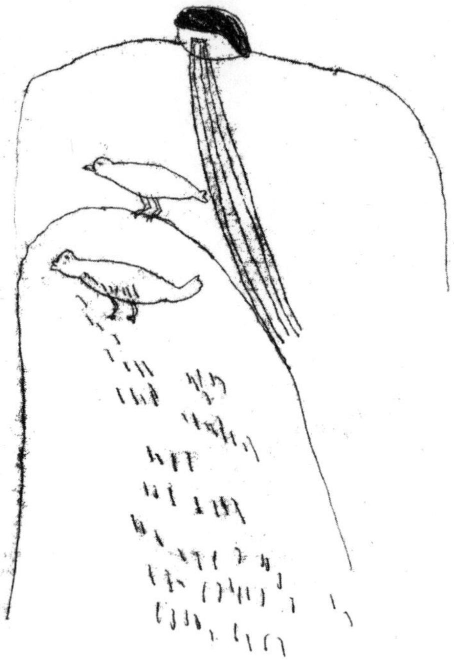

7 那種鳥發出的假笑聲

進去沒
進去沒
小姊姊
陪陪我

我住在那棟水墨綠色外牆的房子。房東一家人住在樓上，樓下隔成兩排的雅房出租。我住在最後一間，阿嬌姨住在另一頭。廁所和洗澡間在外面，在阿嬌姨那一頭的外面。黃色燈泡的沖涼房。洗澡要拿著臉盆繞到那一頭，那時候不會嫌不方便。沒見過其他房客，也沒有人大聲講話或聽音樂。房裡一張房東留下的大床架。我放了張單人床，另一半拿來放書。一張書桌，其它什麼都沒有。我從這裡騎腳踏車去上學。

那天半夜，或是清晨，這裡從來沒有在管天氣預報。我在大半夜在睡夢裡被巨雷聲驚醒，醒來發現水已經淹進來了，鞋子在漂浮著，還好我睡在床架上。要開燈時發現停電了。借著外面的路燈我迅速適應了黑暗，抄起明天要穿的學校制服、校鞋、書包，包在塑膠袋裡，找到雨衣穿上。

我走出去，牽到了腳踏車。馬路路面高，沒有淹水。那房子地形矮才淹水了。我滿心奇怪沒看見其他人和我一樣逃出來，也許根本只有我一個房客。屋主也沒有下來，我沒空管別人或是去找阿嬌姨。雨傾盆倒下來，雷劈得我心驚。我一個人牽著腳踏車在沒有人的路燈下，看見雷光清清楚楚地劈在我正前方。我騎去找阿敏，她那裡沒淹。隔天我一身乾乾淨淨到學校去，整夜的大雷大雨好像沒有其他人知道，沒有一個人說起。

很多年後我常有這種感覺。好像很多事只發生在我身上，其他人都沒事。好像是我自己作了場夢，只有我一個人在半夜遇到了水災。

那次水災後，阿嬌姨才和我住在一起的。那棟水墨綠色的房子還在，只是我想不起男女主人的樣子。我會到他們的廚房裝飲用水。有時候，我的學長會來找我。他喊累，借我的床睡一下。他睡覺的時候，我就出去了。出去忙什麼事也忘了。很多人在家裡沒有自己的房間，要和兄弟姊妹共用的，或是家裡一整天在吵。我們這些在外租屋其實是幸福的，可以一個人安靜地睡覺。還有一個有錢的學長，家裡很大很多房間，男男女女同學都會去借住借睡。

我媽媽在我長大後送過我一個大娃娃，她自己買給我的。娃娃在那場水災報銷了。我媽媽去幫我搬家。她把娃娃裡面的綿花拿出另做成枕頭。娃娃的皮有一陣子掛在我家外面。那批金庸的書也泡到水，我沒有丟掉。經過曬很多次的太陽，書像波浪一樣彎彎的，攤不平。我後來借給朋友看，就再沒有回到我手裡了。

在一塊被雷打過的木頭上，拿水洗不掉的黑。那些東西正在偷偷靠近，我隨時可以變壞。可我對這沒興趣，我沒有聞到那種氣味，我沒有掉下去。有錢人的父母一整天不在家，大家像到別墅一樣玩樂。我還很清醒。我渴望的是明天，不是那些東西。那些打雷的聲音，灌進身體耳朵大腦。我的身體收縮了，裙子收縮了。想起小時候那些幼稚的跳舞衣，像泳裝一樣，緊緊包著平坦的胸部、尿尿的地方。全部都緊緊的。

我在房間裡畫水墨畫。畫了放滿地上，貼滿牆壁。我房門沒有鎖，睡覺也不用上鎖，出門也不用。房東太太一定見過我的房間。有次她和我借水彩盤說兒子要用，回來時水彩盤洗得乾乾淨淨。我沒有和她說那不用洗的。

為了賺錢，我到一家新開的夜店兼假日班，認識了幾位華人男子，他們看起來讀過書的。我發現他們會找馬來妓女。那位馬來姊姊不戴頭巾，馬來姊姊很親切，化了一點妝而已。我們去馬來姊姊租的房子，他們送馬來姊姊回去，看馬來姊姊已經醉倒，他們卻什麼也沒做。她們也是多人合租，睡地鋪。他們說，馬來姊姊的媽媽死了爸爸走了。隔天早上我沒去上學。

路直直到水毛花沼澤，柚木長在路兩旁。燕子展翅成群飛，一隻燕子被咬死。客廳地板片片裂，神的力量誰知道。那時房間裡只剩下馬來姊姊，我想陪陪她。我知道她假裝早熟的身體。在她單薄床墊上的年尾大風。黏上一隻蜘蛛的年尾大風。

她一頭汗地醒來，雙手合攏著太陽，面向阿拉禱告。她的恨沒有理由。沒半點用。那些恨就要飛快的死去。我等雨停就走。風和太陽在外面，變小了些。

她把幾個鍍金戒指在手指上換來換去，我摸了摸她和我不同顏色的手掌，第一次摸了這種黑色，說我可以幫她算命。我聞著她房裡那些廉價的香水味，那種香水很便宜，我也買過一瓶。久了就從藍色變成透明的水發出怪味。

你會遇到三個貴人。以後不做這行。三十一歲會結婚。會生三個孩子。

她聽了笑了。

以後，不要再來了。她怕我揭她的底。

我做這個要很保密的。

月亮風箏，月亮風箏，月亮風箏有三個角，月亮風箏有三條線。馬來姊姊唱起這首歌，唱著唱著就忘記了心事。

那個時候我對藝術反感，對好命反感，專注反叛的事物，嘗試反叛的事物。學校圖書館我已經不想去了。多年後我還會夢到我最後一次租的房間，那最後一間房子。一對老實的夫婦和一個國小的兒子，聽說是抱來的。他們三人住在同一間房間，一間房間租給我。房東會包我的晚餐，把飯菜盛在一個盤子，備好放廚房，我拿到自己房間吃。這樣過了中學最後一年。我很晚回去，他們從來不過問。

在我住過的那些房間，每一個都是打地鋪的房間，我沒有想過要有固定的房間，我喜歡這些舊的房子，這些沒有錢的人。我喜歡和這些不認識的人住在同一間屋子，喜歡這種互不過問，這種光明正大的廉價生活，廉價的安靜。那樣的生活沒有寒暄也沒有廢話，沒有鎖門也沒有侵犯。有朋友來找我也是從大門一路進來，進到客廳，推開我房門來叫我出去。

我在那間房間想過要自殺、想過要當畫家。我和學校請了一天的假，用我的二手相機自拍。沖我底片的照相館店員是唯一見過照片的人。他賣我那台二手單眼，教我怎麼用，我們後來成了朋友。我洗照片用的名字是假名，這世界上沒有別人知道。我寫詩去學生週報投稿用的也都是假名。後來相館整個消失了，我的相機也消失了。他教我用餅乾桶做乾燥箱。那些乾燥劑會由藍色變粉紅色。我媽媽以為是個老舊餅乾桶把它丟掉了。

那樣廉價的生活不用廢話，也不用爭吵。廉價教會我安靜，教我沒有夢想。我每週去老師家裡學畫畫。從台灣回來的老師家裡很空，掛的都是他自己的畫，畫冊翻來翻去都是那幾本。他在家裡教畫的時候，師母會出去。老師的學生只有我們四個人。學費很便宜。因為人少，老師會一人畫一張給我們看。我們就安靜地圍著桌子坐，沒有人聊天，那安靜只聽到老師家時鐘的聲音。學畫的有生物老師、物理老師，還有我和另外一個校外的大人。

老師已經熟透的那些梅蘭竹菊，還有什麼鳥類走獸荷花。我不知道我為什麼要畫那些東西。我沒見過梅花。過年家裡會做假的梅花樹，外面就可以買到很便宜的一大包假梅花。每一朵梅花後面有個小小的孔，安在我們去外面砍回來的真樹枝上，插在裝沙的餅乾桶，吊上幾個紅包袋假裝有過年的氣氛。

我不知道為什麼大家可以乖乖畫那些老師教的東西。生物老師很會畫，她平常就在黑板上畫很多細胞、微生物的。我覺得她很會畫畫，物理老師也很會畫，好像她們在黑板上寫久了，用筆很有力道很篤定。她們為什麼來學畫畫呢？她們好到可以教畫畫了。我把老師給我的畫稿帶回家，從來沒有拿出來看過。我畫我自己的，寫逆我者亡，貼在我房間牆上。

每個來我房間的人都會看到逆我者亡這四個怪字，沒有人笑我畫這些東西，沒有其他人在畫畫。我切割宣紙的手已經變得很熟練，我把麻雀畫得很大隻，把螞蟻畫很大，通通都題上逆我者亡四個大字。畫什麼都題上那四個字。

我拍那些乾掉的人臉太陽花、乾掉的屋頂、天線、夕陽，直到自己覺得了無生氣，失去了拍照的動力。拍那些安靜的東西太簡單了，那些東西早就有一千萬個人拍過了。海邊、漁船、漁腥味、海鳥、破橋，也有一千萬個人拍過了，所以我相機不見的時候我也就算了。

我們白色的制服越洗越薄，每個女生的內衣輪廓都隱約可見。我有三套制服，一週手洗兩次，用一種叫藍青的粉泡過，曬起來會變白。房東看我在洗衣時會把他們的衣服收掉，把繩子讓給我。我學長會在這時間來給房東小孩家教，我介紹的，我自己不接。每次他來的時間就是我曬衣時間。我在屋外仔仔細細地把制服攤開，他在客廳的桌子教小孩，好像我們是一家人。

我教的是一個行動不便的小孩。好在他家有錢，他有嶄新的輪椅，梳洗得乾乾淨淨。我喜歡他一切的白白淨淨，他的輪椅。我坐在他旁邊，陪他一起做功課。我後來沒有在任何人身上找到溫暖，我找到的是貓。那些小孩都大學畢業了，只要家裡有錢，沒有哪裡去不了。

我廉價的生活用那種方式摸過有錢人，用我廉價的腦力。廉價的活力充沛。我也想彈鋼琴，於是去我朋友家借琴用。她說聽到我老在彈同一首，從那以後我不去找她借琴了。琴音太大，不是我們窮人彈得起的。我們不敢吵到別人，只是把自己縮得很安靜，不太發出聲音的。那安靜過於激烈，以致我無法一直呆在同一個地方。

我們這種人就是很節制的，那才構成大家住在一起的相安無事。像阿嬌姨去到哪裡都是無聲無息的，沒有收音機，更不用說看電視。她就是安安靜靜地看一張報紙，我安安靜靜地讀書。讀書是為了去哪裡我沒有想過。小時候家裡很安靜，什麼都沒有，我才會聽到那些安靜的聲音。每一次風撞過牆壁的聲音，風的靈魂在叫，每一陣低吟的，老樹精的回聲。還有那種鳥發出的假笑聲。哈、哈、哈。

我去偷看過的那些房間，那一個個小房間，那漸漸坍塌的巢穴，漸漸悶熱起來的房間。閃電從那裡進去，那清清楚楚的閃電，清清楚楚的傷疤。那些天生的後來的裂縫。一直裂到天黑。黑成一塊地雷，踩到就要爆炸的。

青學姊也去了台灣讀美術，去那裡讀美術不會有什麼出路。回來努力求生，什麼都要會。後來她開了民宿，和我買書。我把書寄給她，沒有收錢，說下次去你的民宿住。他們就在那馬路上找到她，掉在硬掉的海裡。

青學姊很正常。一絲一毫一點一丁自殺的前兆都沒有。正常的說話、正常的穿著、正常的工作、正常的結婚、正常的生一雙兒女、正常的出席朋友婚禮、正常的收到很多生日禮物、正常地去支持朋友新開的店。一手整齊秀麗的書法，流利的待人處事。也許她不該去台灣讀美術，我們都沒有成為畫家，我們沒有人被稱讚過、被一丁點的關注過。她早不畫畫了，比我更早知道畫畫沒用。

止血的棉花都不夠用了。在那個破爛的碼頭，那幾隻會被宰掉的羊睜大黑眼珠。那裡的野草沒有眼睛。要不要去參加葬禮，燕子，你已經沒有媽媽了。那個禮拜天下午，她留下兩個幼兒，自己一個人走出去。看到那葬禮上年輕母親的遺像，沒有人不會哭。
她的葬禮，因為在疫情深處，沒有人可以靠近。全部的親友，全部透過視訊參加葬禮。從她被送進醫院後就斷了線，不知道她被送去哪裡。屍體被包了一層層像保鮮膜的塑膠，被通知送到某焚化場。沒有人可以參加的葬禮，一場又一場。那時候醫院外面停了一排長長的車隊，警察不會去開罰單，每個人只能到醫院門口。
一千萬隻鬼一千萬顆露珠，都在哭。印度茉莉、雞蛋花、黃色的飯、綠色的樹枝，都在發抖。把你的手和醫生的手疊在一起，把疾病關進神的房子，告訴它你要走了，不要再跟著你。你要睡了，放過你。放過你，你一定要睡了。
燕子，你去參加葬禮了嗎。那兩扇窗外都是一樣的風景，剛剛鋪上去的雷聲，雷聲一點一點長大了，插入那都是爛泥的地方。
不能讓你看見那些閃電的。
那些彎了脖子的椰子樹，那些砍樹的巴冷刀。一次一次磨利的鐵銀色刀子。那些被砍了一次又一次的安靜。每一次雨水幫它們洗洗臉，洗不乾淨的。

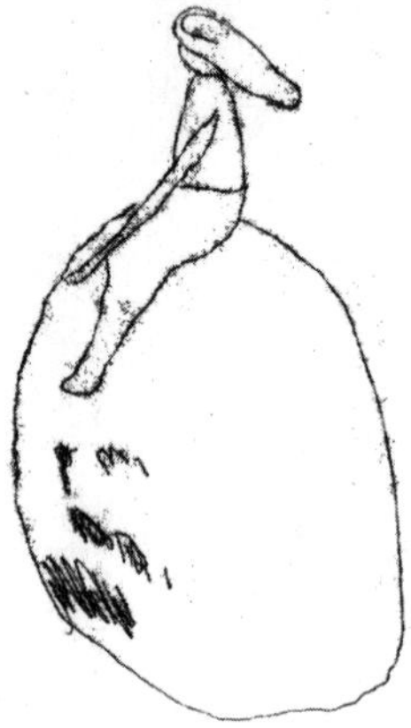

8 一座有鳥嘴的神

聽神的話
穿上髒衣服
整出一塊地
睡在裡面

那幾年，我阿公阿嬤在做皮蛋家庭工廠，用鳥蛋做。鳥蛋由一個叫阿烈的人送來，他常到處送貨因此給我們捎來一些外面的消息。那時候我小姑姑長年在家裡幫忙做皮蛋，沒有外出。她和我阿嬤幾乎足不出戶的，她們身上是足不出戶的白。所有日用品都會自己上門來，吃的是我阿公買，連衛生棉都會有上門來兜售的小姐。

那時我還小，不知道那人扛的一大袋東西是什麼，不知道那高高放在衣櫃上的一大包東西是什麼。

小姑姑到了適婚年齡，我阿公在鎮上剛好聽到包子店的兒子也在物色老婆。包子店在鎮上開很久了，我阿公偷偷去放消息，後來媒人找上來。我後來的小姑丈，開始來載小姑姑出去約會。那時候，我媽媽不知從哪裡聽說，小姑丈離過婚，是因為不會生。我爸爸說，人家已經在一起了，你不要去破壞。

他們結婚一年多都無子，我姑丈自己提議要去買一個。那位送鳥蛋的阿烈，就報了他們消息。在四灣島，有一個女的懷孕了，她已經有兩個兒子，先生不中用，沒賺錢，所以她打算賣小孩。

於是我姑丈開車，他們拉了我媽媽作伴，叫她幫忙看看。

如果是男的，一萬；如果是女的，六千。

賣孩子的家佇立在一個鳥不生蛋的地方，那地方無以為生。從那座小島就可以看見新加坡。雖然它名為島，可卻是接了條好好的馬路。我媽媽孤陋寡聞，說那個不算島。她自己生了五個，很想偷偷和那人說，你不要賣自己的孩子，會後悔的。

後來的事進展很順利。他們提前把孕婦載來，我媽媽不知道他們安置在哪裡。

生的時候送去私人產院，這很貴的；不過想也知道為了假的出生證明，他們不能去政府醫院。產婦生完沒有大恙，又專車送她回家。

我表妹阿真就由我阿嬤照顧，一直到她五歲阿嬤過世。那時候我忙著讀書，對小孩也沒興趣。我只知道她這個買來的身世，其它不熟。我姑丈後來沒有繼承包子店，他家兄弟多。他做過直銷，生活也不穩定。隨著我阿公阿嬤過世，家裡的皮蛋業也停擺。他們等於兩個沒工作的人。姑丈開始打零工。我在婚宴的停車場見過他在指揮交通。

姑丈除外，姑姑已走，這世界上只有我媽媽，無意間參與了那趟拜訪，只有她知道阿真的生母在哪裡，只有她見過阿真的生母。我忍不住問她，阿真長得像她媽媽嗎？

不像。

一點都不像嗎？

不像。

她媽媽長怎樣的？

粗壯的，像做工的人。

事實上，阿真長得高挑，而且聲音不可思議地酷似小姑姑，還有點像照顧她五年的阿嬤。阿真有一個胎記，小小的在手臂上，像一個打針後的印記。整個童年，她沒有玩伴，我們家的小孩長她太多。他們一家本來和我們家一起住在阿公留下來的房子。兩個老人走後，我媽媽想辦法把他們趕走了。因為這是阿公說留給我爸爸的房子，因為我媽媽替他們生到兒子，因為他們曾經欺侮過我媽媽。他們三口搬走後，我們從來沒有往來。只有我爸爸，過年過節會一個人去拜訪他們。

我姑姑走後五六年，阿真拉開了衣櫃的暗格，看見了那張二十年前鳥蛋人寫的字條，看見她生母的名字地址電話。不過阿真從來沒有恨。四灣島芒果路的盡頭分十三條港。她安份的每天在那裡等她媽媽。那裡每條路都聽過她媽媽的名字，每個人都像她媽媽的分身。我不知道後來她有沒有找到。聽說那座島也面目全非，被發展了。她聞嗅不到她生母的痕跡，好像去了一趟前世又一無所獲地回來了，準備和她男朋友結婚。

那個地方和阿真有關係嗎？她在媽媽肚子裡的時候住在那裡。她媽媽希望她可以去有錢人家成為獨生女。沒想到我姑丈家也不怎麼樣，家裡連電視也沒有。他們當時花很多錢給她住好的私人醫院、買貴重的食物給她，穿上最好的衣服、借了台好車去拜訪她，讓她以為這家人很有錢，她小孩會得到最好的教育，最好的關愛。她不知道我姑姑也不特別喜歡小孩，不知道他們可能比她更貧乏，不知道他們想要小孩的欲望可能也不是很高。

無論如何，阿真長大了，不算有很好的教育，他們不可能送她出國。阿真成了一個平凡的人。平凡地工作，平凡就是福。阿真從小就很乖，沒有惹過什麼事，功課也平平的。她沒有什麼志願，好像神給她什麼她都不反抗，與平淡為伍。這點和我姑姑很像。

那島上的媽媽，常會想起賣掉的女兒吧。她媽媽一定看到那胎記了，那是神留給她的記號。阿真現在在上班了，正值花樣年華，常回來陪我姑丈，他們共同記憶我姑姑的十八年。阿真高三那年，姑姑癌症多次進出醫院。她和姑姑說，等我畢業了，可以好好照顧你。不過神也沒有順應她的願望，硬生生地在她課業最重的一年把她媽媽帶走。

禮。

燕子，你不知道你還有一個媽媽的。你有兩個媽媽。你去參加了冷冷清清的葬

我們隔壁的漁夫太太，她妹妹生不出男的，她就把第三個兒子給妹妹。妹妹一家開小小的雜貨店，就在我們家對面，也在漁夫家對面。後來她妹妹居然又生了兒子，漁夫太太很後悔，可也拿不回了。一切只能去樹洞裡喊，只能和我媽媽講，講一講就掉淚，所以我媽媽很知道賣小孩的遺憾。

漁夫家裡整理得乾乾淨淨，完全沒有魚腥味。雜貨店後面將就的幾間房間，小小的窄窄的。漁夫太太看到這樣的家一定會嘆氣，看著自己生出來的孩子叫別人爸媽，又不能多抱幾下。長大了更疏離，也不好過問各種教養的決定，特別是漁夫太太的小孩每個大學畢業，送妹妹的兒子卻是高中畢業就不想讀書的混混。

這裡還有一家咖啡店，其實就在我外公咖啡店的斜對面。我們叫他們海南，海南人。海南有三個女兒，一個嫁去了台灣，很少回來。有小孩就很難回來了，一次四張機票。海南的兒子死後她就變了，完全的投身基督。離海邊的廟越來越遠了。

不過不管是海南的家、漁夫的家、雜貨店的家，全部都被廟王推倒了。我在二舅的葬禮上見到這全部人。村子沒了，他們還是會來送行的。

除了阿真，我這代還有個買來的孩子。我姊夫的大姊，我也叫她大姊，她連婚都不結，直接買了個女兒。那女兒怎麼到手、從哪裡買來的，更是保密到家，我姊姊我媽媽這些女人都不知道。她怎麼和女兒編造父親這個人也沒人知道。買來的女兒長大後很貼心，大家都很喜歡她，她和我姊姊的孩子們玩在一起，也像是我姊的半個女兒，被很多人一起疼愛著。和自己的媽媽像不像沒有人去管，這裡沒有那種很像的。我從來不像姊姊也不像兄弟，人都會長成自己的樣子。

我媽媽他們十四個兄弟姊妹，沒有人像誰。抱給別人養的五姨最不像，長成怎樣和命運有關。好命一點就好看一點，在這裡是這樣，再怎樣的白雪公主，每天去曬太陽做勞力，沒時間去弄頭髮去買好看衣服，也都變醜女了。我四姨最美，看到她的美總令我佩服。因為她家裡開廟，有錢有時間把自己打理得好好的。我媽媽，只有在那幾張黑白照片裡看到她年輕的樣子。

月亮風箏，月亮風箏。沒有人像誰，這樣很好。每個人都是半野生長出來的。沒有人有時間管你太多。阿嬌姨是沒有人管的，我也是沒有人管的，生來不受管教。

我四姨十九歲就私奔了，她現在六十歲都那麼美，和她老闆私奔的。到了離家很遠很遠很遠北部的東海岸。她老闆到外公的咖啡店徵員工，四姨就去了。那個禮拜天下午，她在租來的房子睡午覺，因為房間很熱，她把床一半拖到了客廳，睡在房間門口。她那對雙胞胎妹妹，出生時就是阿達的，校長說不用來讀，智力不足。四姨和這雙妹妹很好。

在那個午睡裡，她看見其中一個雙胞胎來找她，她驚醒了。打電話回家，才知道阿西走了。發燒，自己一直去沖涼，去醫院打了兩支針回來就走了。靈魂可以到那麼遠嗎？那時四姨十九歲，妹妹才十歲。雙胞胎叫阿西和阿南，可能因為懷孕時營養不良，那時太窮太勞累了，才會生出這樣的孩子的。活下來的阿南是送人養的。我外婆生太多了，沒法養。她送給沒有小孩的家庭，也想要小孩可以獲得比較好的照顧。

我見過阿南姨幾次，她會緊緊牽著我媽媽的手。我媽媽不時要去送錢送東西給照顧她的家庭，她們看起來也不富裕，住在一間小小的木板屋。她有糖尿病，很胖。臉小小的。和她的姊妹們都不像。送給別人養的就會不像。阿南姨比阿西多活了很久很久，在那間小木屋裡，她好像沒上學，也沒工作。和她養母，好像還有另一個老人住在一起。

我四姨給她一張護身符，她就穿掛在脖子上。我四姨我三姨我媽媽對她就像打扮一個娃娃，拿二手衣給她，花裙給她。她沒有活過五十歲，這樣天生就被弄錯的靈魂。在另一場高燒和她妹妹一樣的禮拜天下午走了。我四姨很會作夢，很會夢見死去的人。她天生適合從事靈異行業。

她說，對神我們只能求平淡。求從白色大象來的平淡。從白色石頭來的平淡。從白色的血來的平淡。從白色的骨頭來的平淡。從白色的心來的平淡。

廟的狗。黃的黑的。慢慢地吸，就轉涼了。她的廟門口乾乾淨淨，請外勞姊姊掃的。再走過去就是那條河，那些倒進河裡的香灰。插上香爐的無數蠟燭，那些紅色的蠟。最後都被倒進垃圾桶了。紅色的火在這種艷陽下是看不到的。

四姨丈從大陸的山裡帶回一座有鳥嘴的神。她幫那些神穿上衣服，一尊尊坐好。廟裡的一切打理得井井有條，好像她的人生一樣。從她十九歲阿西的靈魂走了那麼遠去找她就開始了。阿西走了那麼遠去找她，以為她最愛的姊姊丟下她了。那時她沒有和阿西說好，她只是出去賺錢，要買好吃的東西給她，直到她從那場午覺中驚醒。

那時我外婆還在，我媽媽說，外婆還在氣我四姨的私奔。阿西是死在外婆懷裡的，死在媽媽懷裡的孩子最幸福。阿西是他們家裡最可愛的小孩，全部人都很疼她。不過那時大家都要忙生活，說阿西走得很好，一生很完美，沒有長大，沒有給父母添太多的麻煩。阿西一天就下葬了，我四姨沒有見到她最後一面。她們後來想起了阿南，把愛轉移到阿南身上，想要把阿南再要回來養。不過老天沒有順他們的意。

神不會順人的意的。以前有個自大的巫師搭船要去一座島治病，因為他太自大了神決定把他溺死。他隨身帶的治百病醫書被河水沖散，自那以後人類世界都是治不好的病。

9 好人病壞人病都給印度醫生看過了

給我一包米
我要去看世界

自從印度醫生從我姊姊耳朵裡掏出半塊月亮後，她變更安靜了。從月亮開始的白日夢，都被丟進垃圾桶了，變成貓眼睛裡的月亮。她在房間角落有兩個抽屜的書桌讀書，現在那張桌子還在那裡。我姊姊從吃完午飯後就坐在那裡讀書，我二姊在斜對角的書桌讀書。我躺在中間地上的床，看閒書睡覺。我的手摸在安靜冰涼的地板，摸著我們三姊妹在一起的安靜。我姊姊很會讀書拿了一座又一座的獎杯。我們有一個透明的櫥櫃，裡面滿滿的獎杯。很多年後這些獎杯還在那裡。我姊姊讀著讀著，髮色越變越淺，變成乾褐色，和臉的顏色很像，大家懷疑她得了什麼病，她更專注讀書了。

晚上榴槤蟲會從四面八方衝進房間，牠們看到燈光就衝進來了。只有我閒空過頭，抓起來一隻一隻丟出去。牠們一股惡臭，弄髒白色窗簾，留下咖啡色的屎或尿。不知道誰說過牠們是吃榴槤花的，所以我叫牠榴槤蟲，又是一個我們自己命名的物種。我一個晚上抓五十隻，從窗戶丟出去，牠們說不定馬上又衝回來。我沒有想弄死過牠們。榴槤蟲在我姊姊們畢業離家後消失了，那房間剩下我一人。

畢業後我姊姊到阿嬌姨打工過的餐廳去，住在給員工的房間，穿難看的黃色汗衫，背後寫著餐館名字。她仔細包好那些有錢人動都沒動過的菜，帶回家給我們吃。我們生平第一次吃到這樣的菜，第一次吃到螃蟹，後來才知道那是假的。很多年後我姊姊變有錢了，她常去打包那家餐廳的菜。

那家餐廳老闆的女兒後來成了我同學，我想她是吃那些菜長大的，那些我們一般人難得才會吃到的菜。尤其在我們這種廉價家庭，我們都是竹竿子，身上沒肉。她身上的一切豐滿，包緊的乳頭，包緊的身體。她很常邀大家到她家去玩，就在餐廳樓上。她很多才多藝，會唱歌會樂器。我一樣都不會，我只會讀書，和我姊姊一樣，去餐廳打工。不過我去的比她高級，穿的制服比較好看，不過沒有人在乎那種工作服。打工一點都不累，就是上菜，收盤子。一個晚上有十九塊錢馬幣，從六點到十點半或十一點。打工伙伴我一個也不熟沒關係，大家也沒時間閒聊。那些白淨的碗盤，華人餐館的冷氣味我一點不熟也沒關係。先是擺碗筷、放紙巾。大家一起弄很快就弄好了。

十點半打卡騎腳踏車回去，回去那個只有自己的房間。那時候姊姊已經到離家很遠的地方讀大學，自己一個人去的。我不知道她在打什麼工，反正我們一定要打工的。我二姊去了反方向的地方，借住我大姨媽家。她們努力讀書還是沒法成為醫生律師。我記得她們那麼努力是想考到醫學系的，不過那名額過少，給我們華人的名額。她們後來都成了小學老師。她們很滿意工作，一份很適合顧家顧小孩的工作。

我姊姊叫我去當醫生。她們幻想我穿上醫生服的樣子，她們以為醫生就是坐在診所裡輕輕鬆鬆看診，幻想診所名字寫上我們家族的姓氏，成為全村之光。可我不喜歡診所的味道，不喜歡那些空空洞洞的乾淨，太過乾淨了。我想去一個相反的髒地方，我想成為畫家。不過我從未說出口。每一年老師會問我們志願，寫在一份文件上。我的回答從來都是一、醫生；二，老師。

我來治療你的白色喉嚨，治療你的布娃娃，治療你肚臍裡的語言，你耳朵裡的月亮。我也有過這樣的願望，不過我從不敢想。後來小我媽媽二十歲的阿嬌姨發出那樣的聲音，還有那種鳥發出砍、砍、砍、砍的叫聲。寫在手上的阿拉伯數字、寫在腿上的、寫在水缸裡的，全部都被洗淡了。那些自以為神秘的數字，全部的志願，很快就失效。月亮風箏，月亮風箏。大葉菠蘿蜜在山上。心的欲望不是一點點。

我回到一個沒有書店的小鎮，人們理所當然地活著。那些被困在地底下的蟲子，一直在沒道理地鑽洞，讓泥土鬆動發笑。我開始寫作。寫那座怕冷的山。年尾季風一來就會發出咻咻聲的山。很久以前它被一個巨人從森林裡硬搬到了海邊，從此光禿禿地長不出什麼樹，總是在發抖，又說不出話。故事裡沒有人類作為角色，盡是泥土、石頭、巨人、小鳥的事，還有像蜜蜂那樣嗡嗡作響的蟲子。

後來，Karen 出現在我們家外面。一位放棄在新加坡當護士的人，聽說回來教英文，也常來我家鬼混，一個好像很閒的人。那時有工廠外勞假日買了雞要回去大吃一餐，半路上雞逃走了。他一時忘了那是車速飛快的大馬路，衝去追雞，結果被狠狠撞了，在我們家附近。整個腦一半不見，陷入昏迷。Karen 和我每天去醫院看他。他的家人當然沒錢來看他，後來他被送到老人院等死。撐了有好幾個月，斷氣走了。那陣子我沒工作。我去也是看 Karen 用棉棒幫他清鼻子嘴巴。

我媽媽看到我和這些沒工作的人鬼混就開始不安，叫我不要每天去醫院那種地方。那陣子每天去醫院也去熟了。一棟一棟的病房、一排排的單人床，沒有隔間的，沒有冷氣的。

Karen 後來消失了。她叫我小菩薩，我隨便她叫。我媽媽也不知道她去了哪裡，我們都以為她沒錢花乖乖回去當護士了，在新加坡當護士很多錢。那時候，我媽媽去新加坡織衣廠當女工，我大姑姑跟她一起去。她會英文，看到招護士訓練的廣告就去了。從此以後成為有錢人，和我們都不一樣。他們會全家出國旅遊，我們久久才有一次全家出去吃飯。

我再次看到 Karen 時是在醫院裡，她在病床上。我媽媽帶我去的。她已經癌症末期，沒有和我們說。她沒有家人沒有子女。她眼睛不好，瞇著。說在白天睡太多覺，作太多的夢。後來我媽媽幫她安排進了和外勞一樣的老人院，那裡有人好好照顧她。我姊姊說，她有個中學同學也住在那裡，十九歲車禍癱了。他媽媽走了後，他爸爸把他送去那裡。

我寫下這些時，他們都走了。那些在老人院度過人生最後一段時光的人。我媽媽說她以後也要去老人院等死。他們一起睡在那裡，不知道自己身在何處，全部躺在一起，可以減少孤獨吧。那裡擠滿了孩子。死去之前，他們全部變成孩子，只不過已經都沒有了媽媽。

我在老人院白色的窗簾上看到我以為消失的榴槤蟲，想起掉滿一地的白色榴槤花，在清晨發出那樣沁人的香氣。牠們應該要去好好地吸榴槤花蜜的，不是誤飛進這裡等著被人打死。

Karen 教過我開車，開我爸爸那一台很容易就引擎過熱的車。我沒有問她的過去，和阿嬌姨一樣這裡的人沒有必要談過去。但是她和阿嬌姨完全不一樣，她是去過外面的人。她頭腦很清楚，她說她見過很多人的死，在醫院那種地方。她連睡覺都會聞到醫院的味道，回來本來想不要再去醫院的。她走在醫院那種熟練的腳步。我們常在傍晚去醫院，那時已經不熱，紅通通的夕陽滿天，很快就會變暗。我跟著她的腳步，去看半邊腦不見的外勞。

我問她半邊腦不見會好嗎？她說會，什麼都有可能。醫生也不是什麼都知道的。什麼病都有可能好。癱瘓不會吧？很難講。她說。什麼都有可能。在每一個早上、中午、晚上、半夜，什麼都有可能。她把滿載食物的船推出海，給鬼的，給需要的人的。我媽媽說她以前在新加坡精神病院工作，有人說她做久了也有點那個了，不然人好好的為什麼不去工作。

小菩薩，你的臉好美。她這樣和我說過。我不是麥木娜啊。你也知道麥木娜啊。他們電擊她。問她會說自己的名字嗎？我沒見過人會抖成這樣，臉會壞成這樣。我後來都不怕了。那兩位變成炮彈的父母，把自己炸掉了。讓你自己變鈍，失去效力。眼睛、臉、膝蓋，失去精準度，就不怕了。

因為不忍心看見麥木娜無助的眼神，山舉起了雙手，把她抱起來。山把她高高地舉在手掌上，無聲地責問上帝。

上帝有回答嗎？

上帝響起了砲聲。日本人打來了。無數的眼珠子都飛走了。

黃昏來的時候，因為聽見鬼的哭泣。我把書一本一本放好。那個綠色的池塘、包緊的乳頭、被神玩壞的人。風吹進那空肚子，寫上了瘋子的名字。躺進病床裡，不用怕。我會去看你。一直會去看你。太陽也會。

我們睡在蚊帳裡，在工廠宿舍。因為蚊子會帶來致死的病。房間裡一排的蚊帳、一條條的拉繩、一個個紗布的帳篷。淺綠色的蚊帳、粉紅色的蚊帳、白色的蚊帳。我不記得那房子的窗戶，有一扇木門。晚上我爸爸會神經質地起來開關幾次。在我寫作的時候，還夢見過那扇門打開了，我二舅騎摩托車在外面。

宿舍對面是有錢人的大房子。在這裡有錢人才蓋有樓的房子，大部份的房子只有一層。我常偷看對面的房子，五六層樓的房子，住了幾個人呢，一個人影都沒見過。有錢人家是開加油站的。我們對著村裡最有錢人的屁股。這棟房子擋在我們前方，只隔著一道普通的洞洞籬笆，什麼也看不見。我想看看有錢人小孩的房間。我沒有房間，只有一張大人的書桌，很難打開的笨重抽屜。老師叫我們每天寫日記，我根本沒有東西可寫。

一棵沒有名字的樹長在通往天國的河岸。沒有名字的樹每年只會結一顆果。如果那一年結很多果，表示災難越多。我穿上那些別人給我媽媽的舊衣服，那些可笑的蝴蝶結，可笑的紅色點點。每一年，我都會去拜訪那棵樹，確定它只結一顆果。那顆果實小小的。我媽媽說是給我吃的，其他人沒有。

全校都出水痘那一年，還有全校都長虱子那一年。他們說這是好人病，好人才會中的。我沒有中。我剛看到月亮，所以身體強壯。全家的小孩子都中了。嘴巴的屋頂、尿尿的器官、全部關節、下巴、全部臉頰、舌尖，都中了。他們在房子外拉一條繩子，畫出一個圈，我們被關在那圈圈裡。要到河邊去放一條放滿食物的小船，把沒有人的樹葉船推出海，送食物給那些我們不認識的人。

我媽媽帶我去工廠邊的馬來村，一排房子的庭院都荒廢了，好像沒有人住過。彎進這條路，就到了另一個世界。有間房子外的紅花怒放，掉滿地沒人清掃。曾經有個孩子闖進了那裡，從房子裡撿了個相框，回去之後就病了。這一排房子，好像被施了一半的巫術。河邊都是白色的鳥。都在沉睡。雨水找過房子。找過全部人。在外面織網了。

再走過去是那個老人的放牛之地，七八隻貓會一起回頭盯著你看。養牛的老人從不跟人說話，從不穿上衣，套一條紗籠。成群的雞、成群的貓、三五隻牛。晚上，所有貓圍著他睡。巨大的牛在外面守著他。天亮的時候那隻驕傲的公雞會亂叫。老人坐在屋外，開始進入另一個世界。

小鎮上有一個我根本想不起名字的火車站。我記得我媽媽小心翼翼地邊牽我，邊把腳踏車搬過火車路。我沒見火車駛過，可能駛進來的班次本來就很少。我們從來沒去搭過火車，火車也從來沒有把我們想見的人載來過。這個地方都不會是他們的目的地。火車站一直散發著水泥硬硬厚厚的光澤。遠遠的沒有火車駛來，我媽媽才放心帶我們穿越軌道的。

遠遠地就會看到那條火車路，還有火車的鐵橋。時不時會看見有人驚險地走在上面。沒有人知道火車什麼時候會來。一個個大人帶著一個個孩子穿越軌道。我們會先經過一個有白色沙地的印度人村落，在火車路和馬路之間，在軌道旁的村子。那些印度人種的花我媽媽很喜歡，她經過那裡時會走很慢。遇見人就會問，火車什麼時候會經過？沒有人知道。是在半夜嗎？這火車開往哪裡？為什麼沒有人搭乘？我媽媽沒有時間去搭這種火車，沒有時間去看月亮。

這是我躲雨的雨衣，我自己搭的歪扭帳篷。你要先回來，去看那個被水災淹蓋的工廠，全鎮幾乎都泡水了，只有火車路高高在上。很多人站在鐵軌上、坐在鐵軌上，等水退去。遠遠的火車沒有來，大家放了心。雨水打在鐵路上的氣味，遠遠的就聞到了，蓋過了工廠的氣味。水災過後的學校、草場、教室都有了水的臭味。過了整整一個月的打掃通風。天花板的電風扇奮力地轉動扇葉。我上課時就盯著那風扇，怕它掉下來砸到我。下課我急急衝出教室，去大油粽樹下乘涼。我知道我注定離開那裡。

最多的病是從水裡來的。冷的、濕的。雨狠狠的打進工地。穿過漁網。沒有停過的雨。一點一點模糊了全部的人。模糊了那鎮上唯一的小學。模糊了我和哥哥去參加畫畫比賽的圖畫紙。模糊了我媽媽的雙腿。我飛來又飛去的破行李箱。那件口袋很多的褲子。

那些在小學就死去的孩子。那些好人病、壞人病，一樣一樣都給小鎮的印度醫生看過了。他從我姊姊的耳朵裡掏出一大塊黃色的血塊。十月的大月亮，飛來成群的白蟻，住進她耳朵，她慢慢聽不見。那半個月亮潤濕了她的身體，鬼魂冒了出來。在校門口附近傳來校工燒垃圾的味道，和那些燒金紙的味道混在一起。

我們在那有油粽樹的草場上脫鞋子跑。那位最美的同學在小小禮堂小小的舞台上拿著一個籃子唱茉莉花歌。我們一輪一輪的賽跑。我跑輸她們。早晨小小的雨珠在香蕉葉上滾動。風留在那裡。送那些小孩一程，他們要重新投到一個好世界。

我們搬過幾次家。果樹帶不走，我媽媽重新去苗場買。後來，她種的東西越來越少結果。很久很久才結一點點。比如說龍眼，或是柑橘類。她故意種一些以前沒種過的果樹，她不熟的東西。或許結太多的果樹像是蓮霧、芭樂、楊桃，對她都負擔過大，她早就沒力氣一顆一顆去包。她會扼腕被蟲吃掉，風雨一來就掉滿地。

她在外面那棵菠蘿樹演我媽媽，那巨大夠三家人吃的菠蘿蜜。乳色膠粘在刀子上，在她的手上，她用土油來洗。我在旁邊只顧著吃，她沒有罵過我。我躺在草地，看見迷路的螞蟻，循著甲蟲的聲音回家了。我做那麼多白日夢不去幫她做家務，不幫她賣東西她沒有罵過我。我因為這樣成了一個廢物。

她在那叢甘蔗裡演我媽媽。用大刀揮砍一節一節的甘蔗，砍到手壞了。一節一節地削皮，再切成一小塊一小塊。我只顧吃。她餵我，一直到一年級。我很乖，所以一直餵我，一匙一匙的餵。我天生的乖。我的小眼睛小腦袋已經到了很遠的地方。還有那棵大楊桃樹，開滿了細細的紫白色小花，掉滿一地小小的綠色楊桃。她用報紙釘成一個個袋子，一顆一顆包起來。沒錢買水果要自己種，她每次都這樣講，好像我們真的很窮一樣。

我媽媽手洗衣洗了十多年。四個孩子都長大了。我爸爸才買了洗衣機。說是洗他內褲的。我媽媽手洗衣洗到公婆家去，洗到半夜十二點。洗到手破皮一個一個洞。後來她決定不洗了。出去夜市賣二手衣自己賺錢。

天空已經餓了。土地也餓了。我感到那時我媽媽的餓。頭髮也餓了。手臂也餓了。餓黏上我們。泥巴的餓抱著我們。吸著我們。我們把它推開。一起跌倒在地上。漆黑的東西跟過來跑過去。燕子醫生，我已經把我自己餵飽了。不要擋我的路。我帶你去游泳。在我屋頂上吹風。

我的手臂額頭臉皮還有我媽媽的餓。我們全部人的餓。他們把那種廉價的餓遺傳給我。那種實際的粗鄙遺傳給我。我對人一句好話都說不出口。一個抱都抱不下去。我這個廢物。抱貓親貓比人類多一千倍。還想要去買紙，去製造垃圾。被水浸的荒地一大片，全部都要讓位給野草。

那些工人隨手丟的煙盒，我把它們一個個撿起來，用色紙包成一個個盒子，做成幼稚的車子。不會動的車子。我把自己畫在裡面，坐在那不會動的車子裡發呆。久久才會到的燕子，也有叫燕子鬼的東西，黑色細滑的都可以被稱為鬼。一隻咬人的白狗，我研究牠的毛。吃了一根牠的毛。你晚上來牠會把你殺掉。

沒有小孩的工人養了一池的魚。我看那池魚的時間比他還多。水草很美。我偷了他一節水草和一隻小魚養在玻璃瓶裡，沒有人發現。沒多久又把牠們放回去，因為我沒有魚飼料。我不想去偷。鐵樹長得很高很高，比一層樓還高。它開花的香氣把黑夜都洗乾淨了。我媽媽在晚上曬衣服，那晚的衣服有鐵樹的花香。

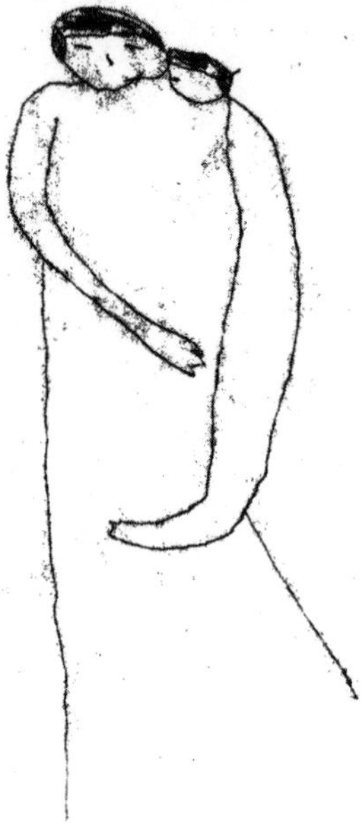

10 我的洞變成她的垃圾桶

吸吸泥土味
靠緊一點吸

姊姊的月亮被挖掉了。我媽媽不養雞了，把雞屋拆了。她一手殺魚後的腥味餵我吃飯。我哥哥開心地看卡通。我幫他寫作業。我喜歡寫字。在那些作業本上，我假裝自己在工作。

我在這裡沒見過玫瑰或薔薇，這裡只有一袋袋白米和密密麻麻的螞蟻。螞蟻很多。我去看螞蟻。去聞我媽媽種的花。去偷黃色喇叭花。工廠外牆邊有很多指甲花，很多種顏色，還可以交配出混色的花。可以拿來染指甲，顏色很淺很淺。我們沒有人對塗指甲有興趣。我玩它的種子，幫種花的阿婆播種。我姊姊騙我那是玫瑰，我畫出我的玫瑰時才知道錯了。這裡只有廢鐵罐，現在是越來越多的廢塑膠。巨大的泳池後來荒廢了，有四腳蛇爬進裡面。雨水也住在裡面，要一直寫到它被填平為止。

姊姊的月亮被挖掉了。天公笑我妄想寫作。我一次又一次用清水洗臉，洗掉我身上的不切實際。等我的病好了，等那陣閃電過去，等我拿刀去和你對決，等我自己很晚才回家。把鳥籠打開，把狗放掉。那些從廟借來的塑膠椅子，廉價的孝服，一個接一個變黑的內臟。丟掉的尿液和書本在一起。媽媽，寫作已經把我弄得眼花繚亂了。

燕子醫生，今天晚上來找我。這是我的家。途中有一條河。我的翅膀都被浸濕了。路口有一個三位太子的招牌。三位太子的廟在哪裡我不知道。這裡大大小小的廟太多了。對面有人在放牛。路口那棟豪宅叫老派，全白的雙層房子。外面都髒掉了。靠近都會聞到臭味。人全部死光了。留下來的人賣了房子、賣了整塊樹林地。發達去了。全部就被砍掉了。三位太子不見了。

那些鋼筋磚塊鏗鏗鏘鏘爬上爬下釘在泥土上。誒哇布蘭，誒哇布列。*一大群的燕子早就飛走。牛跌進溝裡死了。燕子醫生，我的問題就是我很喜歡寫詩，可是那樣的句子沒人看懂。等我有名的時候，再把仇報掉。我每天一邊聽搖滾樂一邊作白日夢。把一次又一次的清晨、夜晚報掉。太陽來找我了。它們一家人來找我了。我每天沖冷水冷卻自己，在那個沒有熱水的浴室。我媽媽叫我不要再寫作，叫我不要再生病。有時候我在石頭裡面。想天亮。想白日的光像鳥叫聲那樣穿透我。像雞啼聲那樣打亮我的房間。光打在我睫毛上開始刺痛。我媽媽的手可以把羽毛縫回去。

我睡了。睡穩了我對寫作的執著。我跟鳥睡過、跟貓狗睡過。牠們都睡我的床。牠們都瞭解我。陽光慢慢耀眼。我的病好了。

我慢慢體會到全天想要寫作會變神經病的，他們會把你帶去治療，讓你去做苦工。我小學那位作家老師，看鎮上那掉滿一地的黃花就想寫詩。校長排給他更多的課。他重複叫學生背作文，重複寫一樣的題目，還要處罰那些上課不專心、書包亂七八糟的學生。當年被他處罰的學生後來出人頭地了，成為醫生護士了。年老的他眼睛要白內障手術發現眼科醫生是當年的學生，腸胃病的醫生又是誰誰誰要把東西伸進你肚子看你肛門。

他託眼科醫生拿一本他的書給我。我翻開看見他那從來沒變過的簽名，幾乎也沒變過的題材寫法，一樣在寫那種落黃花的樹。他以前介紹我去石頭老師那裡學畫。石頭老師比他有出息多了，現在早就成名到不知哪裡去。我一下子就把他的書看完了，決定去拜訪他。

踏出小學校門後，我再也沒見過作家老師了。在我開始寫作後偶爾會提起這位老師，當別人要我聊一聊自己的寫作啟蒙的時候。事實上那時只是他被校長逼要一些業績，於是積極幫學生投稿。他會挑出一些作文改一改，用他漂亮的字。我們都覺得他字很漂亮，被選中的同學把作文用稿紙整整齊齊的抄一遍，他幫大家寄去投稿。我不記得我的作文有沒有被他選上過，我是怎樣被他選去參加作文比賽，是寫好了再送去還是現場寫，我什麼都不記得了。我只記得自己莫名其妙得了很多第一名，不過這種作文比賽第一名也沒什用途，實際用途精神用途都沒有，我也沒有放在心上。

三十年後，我還記得一個同學寫的詩：回到家，要看到媽媽，才算是回到了家。還有：中秋節是月亮的生日。大家提燈籠出來祝賀她。月亮媽媽笑了。越笑身體越圓。越笑身體越亮。我們笑一笑燈籠就熄了。笑一笑媽媽就叫我回家了。月亮累了。要睡覺了。媽媽帶我回家了。

小時了了，大為必佳。我就這樣忘掉這些寫作的事了。還好我小時候沒有別的才藝，讀書就夠了。在這種地方，有錢同學才會搞才藝。

我現在眼睛不好了。老師們一個個都老了，我不敢去拜訪他們，不知道要聊些什麼。我買了些雞精去，廣告十年如一的雞精公司，也許老師根本不會喝。我沒有帶自己的書去給他，我不打算提到自己的創作。我只是想去看看他，這個在我筆下提過幾次的老師。

我很快就沒有作家夢，我需要一份正當的工作來養家。他和那些家庭支柱的父親一樣。現在，他也收割了幾個孫子。鎮上那些讓他想寫詩的黃花樹，全部都被砍掉了。聽說有大蟲害。

現在，已經沒有可以欣賞黃花的地方了。

連看猴子的地方都沒有了。

還剩下什麼呢？只有放屎的骯髒屎燕，被人類討厭。

雨水的氣味也越來越淡了。月亮風箏，月亮風箏，月亮風箏有三個角，被綁了三條線。房子越蓋越多。越來越多孤獨的房間。我已經不會想去偷看那些房間了。那些房間裡已經沒有吸引我的東西。

阿文，他叫的是三十年前他叫我的暱稱。恭喜你成了作家，眼科醫生和我說的。

才沒有，我只是打掃工。

我已經可以在文字裡穿梭自如了，是什麼都沒有關係。我收拾打掃的時間比寫作還多。我叫燕子去參加那些葬禮。

很奇怪，我們無法聊起寫作。不過，寫作也沒什麼好聊的。我也常常質疑寫作，那只是我翻遍的白日夢，是我具體的病症，是我其中一個孤獨的房間，是我想要摸到自己的血。我知道我寫的和他不一樣。我已經超越他太多。因為我沒工作、沒那穩定薪水。我想寫作的渴肯定超越他一千萬倍。作家不作家，土泥路還是土貨船，都不重要。

我現在已經長出了小小的髒翅膀。從阿嬌姨那裡拿來的。那些老師醫生結婚去生小孩去抱孫子去。只有我在關注黃土路黃泥巴。我沒別的老師想去拜訪了。等我變得又老又醜，不要來拜訪我。老師那雙疲倦的眼珠送走了我。也許他根本不記得我。比起那些燕子參加過的葬禮，記不記得我一點都不重要。

我們讀的快一千人的那所學校，也只出了一個醫生，律師有幾個。作家的機率比醫生更低。作家本來就不能多，多的話這世界就癱了，這裡養不起作家。我姊姊努力讀書讀成那樣也考不到醫科。眼科醫生是運氣好，非常非常好。勤奮讀書的人很多。那時候大家什麼都沒有，很多人都在認真讀書。

鎮上原本有兩家獎杯店，和鄰近的學校往來密切。二十年後從店面的樣子就看得出生意冷清，獎杯獎牌的需求少了，人們越來越不用這種假東西了，小孩子也不希罕了。當年我姊姊拿了那麼多，全部在玻璃櫃裡成為廢鐵廢物。那些當年的第一名，現在也是當小學老師而已。全部的第一名，都在和生活奮鬥。只有那些有錢人，他們不用拿第一名，一直過著好日子，不用撿別人不要的屑。

獎杯店的兒子是我同學，那時候他媽媽幾乎每週都會送獎杯到學校來。學校很愛發這種廉價的東西。一場運動會用掉的圓形獎牌更是近百個。一年到頭各種各樣的比賽：各種族的舞蹈、各種語言的演講朗讀、各種語言的獨唱合唱、各種語言的作文、各種球類田徑、端午節畫畫比賽、中秋節畫畫比賽、中秋節作文比賽、書法數學英文馬來文、數不清的比賽，什麼都可以比賽。

獎杯店的兒子後來把獎杯店收了，換成台灣式的火鍋店。二十年前這裡沒有人開火鍋店。這麼熱誰要吃火鍋。從台灣回來的花樣很多，先是珍珠奶茶店，然後是雞排。我讀生物系的學弟從台灣回來就運了一個飲料杯封口機，在女朋友家外面開茶攤。台灣奶茶店越開越多。我姪女每天都要去買一杯。說讀書壓力大，要抒壓。她媽媽和她說，喝那個一杯等於吃兩碗白飯。我姪女的身材比我豐滿兩倍，不知道是不是喝這種怪東西。

你要賣奶茶送你去台灣幹嘛？生物系學弟被他媽媽罵。可是學校也不缺生物老師。他們也只需要一個生物老師。他們需要很多數學老師，連中文系都去教數學。

每個班都要上數學，節數很多。我另一個讀生物的朋友因為是去荷蘭，英文可能比較好，就去教英文了。英文老師也很缺，英文數學永遠在缺。

開奶茶攤的學弟後來把攤收了，當起導遊。我讀生物的朋友去了很遠很遠很遠的城市上班，因為只有那裡有相關一點的工作。他後來受不了那個遠，好像又回來了。當導遊的學弟有一次驚慌失措地說，他有個當導遊的朋友自殺了。那時正值新冠疫情高峰。我讀生物的朋友回來暫時沒工作，在家裡過了兩年，和我開民宿的自殺學姊一樣幾乎停業兩年。

我表弟的女兒小仙十九歲就出家了，到台灣出家。美麗的一頭長髮都消失了。她媽媽十九歲和我表弟結婚，婚姻走了三年。聽我四姨抱怨，十九歲的新娘每天關在房間裡看韓劇，什麼都不做。

我這姪女很早熟，她和我四姨說她作過一個觀音娘娘的夢。觀音娘娘說：

我是你媽媽。

看到我手上的柳條嗎，如果你不乖的話，這個打人是很痛的。

從今天開始，你的名字叫小仙。

在夢裡小仙指指旁邊的小男孩問，那他叫什麼名字？

他叫吳必問。

後來她把名字改了，叫小仙。我四姨照顧她長大。我表弟後來陷入瘋狂戀愛，三年內生了三個，在新冠這三年。小仙在他爸爸新婚後出家，十九歲的出家。

小仙小時候很愛吃糖吃零食，正餐不吃。有天她爸爸火了，狠狠打了她。她因為亂吃東西身體很不好。有次沒看到一塊大玻璃，直接撞了上去，全身是血。我四姨帶她去醫院。我四姨去學校接她。她會親親抱抱我四姨，說外婆我愛你。

小仙的生母沒有找過她。聽說她早就再婚，生了兩個。她中學的時候我表弟把她帶到他工作的城市。小仙會自己一個人搭巴士回來找她外婆，外婆會去巴士站等她。每個六日她都會回來找外婆，沒有停過。一直到她中學畢業她決定到台灣出家。這部份我表弟沒有多說，我四姨也沒有多說，他們整個家族沒有人去過台灣。小仙自己去了，傳了一張落髮後的照片給他們。我四姨看了就哭了，我媽媽不停安慰她說那樣很好。她留在家裡的話，還要幫忙照顧三個小貝比。

我們全部移民的三代人，還沒有人出家。和她同齡的我姪女，正在迷戀男色，全身像發情的動物。知道小仙出家了，全部人都不相信，說她是去台灣讀書。他們小時候會玩在一起。我們知道小仙的事，也都會關照她一些。每次她從她爸爸那邊回來，我們都會問她好不好，她都說很好。她也長肉起來，不再是小時候營養不良的樣子。我媽媽一直說，出家是好事。我四姨說等疫情一過，她要到台灣去找她，她要去接她回來。

自從小仙出家後，我更不敢提自己寫作的事或台灣這兩個字，就算這裡已經沒有令人想寫詩的東西了。我每天都在做勞力活，在家裡打雜。我媽媽去回收站撿很多拉鍊壞掉的行李箱、包包叫我載去給麗麗修補。麗麗有一台可以縫皮革的縫紉機，她連沙發都可以補，什麼都會補。她就在家裡接這些縫補賺錢。她以前在縫衣廠做女工練就的本事。雖然她外表粗粗壯壯，像換拉鍊這種我學不會的事，她都會補得天衣無縫。她說她想去台灣，看看有什麼可以拿回來賣的東西。我看著她，沒有表情地說，那裡的東西這邊都有。

她依然對台灣有很多想像，好像去了那裡可以賺很多錢。她從沒去過其它國家，連新加坡也沒有。幾乎每天都在勞作。她先生是常來我家修東西的水電工阿榮。麗麗和我說，他們這間家，是他們兩個人用手蓋出來的。我很吃驚。她自豪起來。他們的房子在大電塔旁，那種電塔，聽說靠近的話會輻射很重。不過，在那塊土地上，還是零零星星地有幾間像他們這樣的房子，有沒有住人我不知道。

他們的家堆了像山一樣的冷氣機、各種電風扇各種壞掉的電器。阿榮會把它們修好，再拿去賣。他什麼都會修。這裡的電風扇動不動壞掉，大家就會丟出來。不是每家人都知道有阿榮這樣會修東西的人。有時他來我家就是整整一個下午，我不知道我家有那麼多東西要修。我爸爸連在牆壁上釘一個掛鉤都要叫他做。我美術系畢業的時候運了一堆畫回來，我媽媽就叫阿榮來釘釘子，把我的畫通通掛上去。我每次回家看到那些畫都很難堪，那些都是我繳作業畫的，最好不要和人說那些是我畫的，很丟臉。

他們生了一雙兒女。有天她衝進來說她女兒要結婚了，語氣沒有一點開心。再不久她說我要做阿嬤了，再不久她說她要顧孫了。然後語帶不爽說，我欠他們嗎？

我女兒，只會躺在那裡。

我沒見過她女兒或兒子，我只見過這兩個真正用雙手勞作的人。做到死！她怨怨地說，借我鋤頭，然後憤憤地去鋤地。

你要種什麼？

她把腰挺起來。沒力地說，有什麼種什麼。

我的手沒法拿鋤頭，鋤沒幾下就起水泡了。有次我媽媽叫我去鋤草，邊鋤淚水和汗水就下。我表弟來找我媽媽，看到了，說，我幫你鋤。他幫我鋤了個大洞。看得出來他也是硬鋤的，手一定很痛。

我鋤了一個大洞。我天生開的大洞。我要種一個很大的東西，我和我媽媽說。

你愛種什麼就去種。

反正地那麼多。

那晚下了豪雨，雨水把洞填滿了。我看不到那個洞。我不知道我要種什麼。

我不想種他們都種過的東西。我一拿鋤頭手就痛，根本種不了東西。

我媽媽叫我去砍樹。我拿著那把大刀，手就開始發抖。她很喜歡砍樹，動不動要砍一點。砍了才會長更多。會種東西的人鬆了泥土。鬆了自己。

我沒有在那個我挖的洞種下什麼。那個洞慢慢就消失了。我媽媽會把一些枯枝爛葉果皮菜葉丟進去。土很軟。把陽光放進來。收集了全部我和我媽媽的甜蜜。我的洞變成她的垃圾桶。

＊誒哇布蘭，誒哇布列是馬來混印尼話的口語，意為「月亮風箏，月亮風箏」。月亮風箏是一種巨大的馬來風箏，也是一首民謠，歌詞無特別意義，可隨意造詞，一般以馬來民謠的模式填入。這種風箏分上下兩部份，下為一個大彎月，故名月亮風箏；上似一個有船桅的船形，有三個頂點，故唱「月亮風箏有三個角」。

11 一張米白色的行軍床

去找一找廟狗
把仇報掉

在這裡，去新加坡的人都翻了身，工作兩三年回來買房，個個意氣風發。沒有人沒去過新加坡，大家都想去賺新幣。我去上班過三個月，存了人生第一個一萬，那可能是我媽媽對我此生最滿意的三個月。眼看那些當年和我一起到新加坡打第一份工的人，去整容去雷射去淡斑，打扮穿著吃飯越來越講究，各方各面都很體面，我慢慢不敢和他們往來。最後一次去找一位舊識，他要請我吃那種很貴的冰淇淋，聽說他已經回老家買了兩間房子。當年我們還一起是窮光蛋。很多同學、朋友都去了那裡，去了就不會再回來，回來的是少數。我也不敢想我和他們的落差，想了也沒用。

阿嬌姨也去過新加坡打工，她很年輕的時候。和幾個打工人分租了一間公寓，要搭電梯的那種高樓。有天她放工回來，十一點多，從電梯出來要經過一道長長的走廊才會到她房子，她臨時起意靠著欄杆往下看，突然就聽到了一個聲音在她耳邊說：

跳下去。你如果跳下去，就會是全世界最美的人。

一瞬間她感覺自己就想要往下跳，感覺跳下去很舒服。她自己把自己用力拉回來後，驚魂未定，沒多久馬上搬走。後來再也沒有到新加坡打工了，作夢都會被那聲音嚇醒。

她很早就知道了，也和我說過很多次，那些跳樓的人、自殺的人都不是自己想要死。阿嬌姨見過的可多了，她住過那些沒人敢租的破屋，又大又便宜沒人敢住的房子。晚上會看見有東西在跳來跳去，小小的人形。透明的、半透明的、只有一半的、只有下半身的。有些是剛來的，還杵在那裡，頭粗腳細，被染成深深的白色。

還有假和尚住在她家裡，一個大鼻子大眼睛的人。有時說有一隻蚱蜢在她牆壁上彈吉他。她就唸經。

那時她常在半夜聞到雞蛋花的濃烈花香。可她住在高層樓，上上下下根本沒有這種花。有一種女鬼的出現是伴隨這種花香的。這種花通常種在墓地，雪白的花瓣中間有一圈淡黃色花芯。花朵很大，在夜晚會聞到它獨有的香味，愈晚愈濃烈。

我不怕的，把電扇開到最強，把它們吹走。那種東西沒有形狀，會被風吹走。

如果你看到鬼的樣子很明顯，是有事求於你。

有次租到的房間有張舊床，我就覺得那床有點髒不敢睡，躺上去好像衣服就沾了層油，我睡在靠近窗戶的地方，半夜突然就覺得好冷好冷，耳朵好像有人吹氣一樣跟我說：好，就是現在。接著有人用力掐我心臟，我心臟被壓得很痛很痛。

在夢裡她死命唸著南無阿彌陀佛就得救了。

我們這些被新加坡打回的人，流的是一樣的血吧，一樣無法翻身的血。我四姨的兒子，我其中一個表弟去新加坡，在監獄打雜。說每天晚上有個穿紅衣服的在他房間角落，可能是從監獄跟他回去的。從小耳濡目染廟堂氣味的他不怕，知道那東西傷害不了他。後來他晚上去游泳，明明沒有人，可後面有水聲。他速速上岸離開。離開新加坡後，回來鑽研命理風水，繼承我四姨丈的廟堂家業。

我媽媽去問我這廟堂表弟她晚年好不好，我表弟叫她放手接受大家對她的幫助。我媽媽用廚房消滅了她自己，她生了五個；何況是我外婆，生了十四個。所以我離廚房離小孩遠遠的。我為她們惋惜；他們看我不順眼。她們把腳張開痛苦地生小孩。我專注地排放經血。壞掉的血。月亮風箏，誒哇布蘭。我偷了燕子醫生的翅膀。我現在有兩層翅膀。破皮的都好了。把經血排出來，我就好了。

我外婆兩顆腎全壞，血很薄。她死後，我外公陷入人生首次的低潮。他搬進咖啡店最小的、沒有窗戶的一間房間。我還記得那房間黃色的燈光，一張米白色的行軍床。好像原本那是一間貯藏室，他和那些汽水咖啡粉睡在一起。他去買烏鴉放生，買鴿子放生。

咖啡店的味道變了，沒有熟食的味道。他提不起勁做包子油條，從此都沒有再做，只剩下咖啡、汽水，來的人變少了。暴雨掀翻了後面的屋頂，家裡疏於整理。

黃色光線的那間小房間，到最後什麼都不剩。連咖啡店的兩個招牌都沒有留下來，都被燒掉了。

外婆開始洗腎後，幾隻南海飛來的燕子開始在店廊築巢，大便落在門口。我外公一直很遺憾，兒孫成群了，還沒讓老婆享到福。我外婆每週去新加坡洗腎，坐霸王車去，那時很便宜。她住在我姨媽在新加坡的家，姨媽帶她去洗腎。沒電梯，來回都要揹著她上下三樓，要一口氣不能停。

那時我們小地方的醫院查不出她生了什麼病，到了大醫院也查不出，到新加坡才知道兩顆腰子都壞了。小地方醫院沒得洗腎，叫他們自己買機器，一台二十幾萬，所以才到新加坡洗腎。車程單趟四小時，前後在我姨媽家休息一天。

後來外婆自己不要洗了。我媽媽說，也不是錢的問題，我三姨那時剛結婚，三千塊聘金全部給外婆洗腎。我外婆坐夜車回來的，她只想回到有咖啡店有汽水味的家好好睡上一覺，聞一聞每個孩子身上的氣味，好好地休息休息。

四十三年的密集生育，活埋在生活裡，不過外婆是一個很樂觀很愛小孩的人。那時候還是用一些碎布當衛生棉、用手洗衣洗全部東西的時代。外婆對每個人都很好，對那些沒有家的漁夫，對每一個小孩，沒有打罵過他們。我外婆沒留下一張獨照。在很少的合照裡，我根本看不清她的臉。

那些藥的顏色像毒藥，那病也沒得醫了。只有阿嬌姨會在晚上到海邊看船，其他人晚上九點就睡覺，早上四點就要起床。咖啡店的後門用一塊塊長形的木板嵌進上下軌道，木板上寫的是大寫的中文數字，要照順序卡進上下軌道。我大舅關門後，會留兩塊板開著。晚上去海邊看船回來的人要把最後的門拼完。

那些已經凋萎的閃電，已經變成蟲爬進樹的身上。一棵接著一棵枯萎，掉回黑色的泥土裡。外婆死後，那些農作中了不知名的蟲害。他們家一蹶不振。惡魔和蒼蠅一起飛來，飛到這座快沉下去的咖啡店島。連狗都安靜了。天使不會來，已經被鬼打斷翅膀了。船開得好慢。誒哇布蘭，誒哇布列。有多久都不知，可以看到陸地。你不會明白病人的生活的。

我外公和他媽媽兩人從中國逃來的。他爸爸有天進到森林失蹤沒有回來，剩下母子兩人，決定逃到南洋。一開始他們落腳在一個很小的地方叫五條港，後來外婆的同鄉教他們開咖啡店，那就是我媽媽他們十四個兄弟姊妹的家。

外公後來得了糖尿病，不良於行，坐在輪椅上。大舅媽嫌他出來店裡有礙門面，不好看，沒有把外公推出來。人要是沒出來，很快就會走的。那個大肥一次要吹三只電風扇，我媽媽這樣講大舅媽。我媽媽她們姊妹很恨舅媽，不過她們都已經出嫁，除了阿嬌姨。三番四次我們一家趕回去，大舅媽說外公快不行了。到第四次的時候，外公真的走了。那時我在學校跳竹籬笆呀牽牛花淺淺的池塘裡有野鴨的舞，姊姊來叫我回家。

外公走了後我們就不再回去咖啡店了，我偶爾貪近會去買杯咖啡。更多時候寧可過馬路到斜對面的海南咖啡店，買了還要假裝藏在包包後面，怕被大舅媽看到，大家都說她泡的咖啡不好喝。聽說她把咖啡店裡值錢的東西都賣掉了。我媽媽看到我表弟，叫住他，叫他把咖啡店的發條時鐘二十塊賣給她。店裡什麼東西都變了。桌子椅子都變了，變成廉價的塑膠椅、塑膠桌；以前那些大理石桌子、木頭椅都被她變賣了。我媽媽有先見之明，早就去搬了一張桌子一張椅子，現在在我家。

我也偷留了一個製冰格、幾個玻璃杯。製冰格不是拿來製冰，而是放幾本書，因為家裡的冰箱也放不進那種製冰格。我媽媽說我收的那些東西不實用，沒錯，她收的東西比較值錢。那張木頭椅後來丟掉了，沒有好好保養就壞了，剩下圓形大理石桌。她還收了幾件小小的古董，叫我拿去賣，最後她什麼東西都不想留了。她有幾條金項鍊，她也不戴了，分給我們三個女兒。我們也不想戴。她偶爾戴一些廉價的項鍊，不過那不好穿脫，最後也沒什麼好戴的。

第一次廟方派推土機作勢要推倒咖啡店，大舅媽一臉下垂出現在新聞照片裡。那天我弟弟去，錄了一些雙方爭吵的聲音。廟主說這塊土地是他家的，叫大家搬，不搬的人用推土機推倒。那時候人、全部家當都還在屋子裡。這推土機是先來警告的。人敵不過推土機，大家只好默默開始在附近找房子，開始搬家。

我媽媽找了律師，全部有八戶人家一起出律師費，可他們拿不出證據。這塊土地是他們的父母一起落腳的，憑什麼全部變成廟的財產，他們要求賠償。兩年後，我媽媽說，他們拿到的賠償金，付掉律師費，只剩兩千塊。買一間新的房子要兩百千以上。

我大舅媽私藏了很多錢，她最先一口氣買了兩間新房子。一間給兒子一間給女兒。裡面裝潢得粉亮晶晶，和咖啡店是天差地遠。我媽媽她們姊妹很納悶她怎麼那麼有錢，咖啡店後來生意明明很不好。她不但有了新房子，媳婦有了，孫子也有了。我們藉機去參觀他們的房子，比我們當中誰的房子都還要氣派，都還要明亮。

我大舅開大卡車，肚子長年圓滾滾的。退休後撐了支拐杖走路，後來用了步行器，咖啡店被推倒後他身上還殘留著汽水味。咖啡店的東西沒有一件留下來，他們家是嶄新的。一切傢俱用品都是，只有我大舅在那裡穿著舊衣衫。

我表弟工作換來換去，大部份時間不工作，娶的老婆是美女，在金飾店上班。我大舅搬到新家後沒有享福太久。他本來就因為長年開大卡車有些慢性病，長時間開車導致的飲食不健康。我媽媽有陣子每天叫大舅來我家吃晚餐，他會騎摩托車來，就在我媽媽從娘家搬來的那張桌子上吃飯。我媽媽想要對他的兄弟姊妹好。不論長的幼的，她能顧就顧。

我大舅走後，大舅媽一個人享福享了很多年。出於禮教，逢年過節我媽媽都會送東西去。只不過她自己不會去，叫別人送去。自從看到他們家那麼氣派，我們沒有再去過第二次，慢慢也斷了往來，過年不再互相拜訪。

外公外婆現在已經沒有家，也沒有一塊牆掛他們的遺照。他們在修德善堂，是那面牆上百個名字中小小的一個，最後全部人會在那裡團聚。我大舅二舅已經在那裡。這樣她們姊妹兄弟就不用再踏進我大舅媽家，我外公也樂得自在。我四姨說的，外公出現在她夢裡，說他不想和那女人一起住。我對我四姨的夢開始半信半疑，因為她作的夢真的太多了，而且她還可以把那些夢記得那麼清楚，我聽一聽有時都會記不全她告訴我的夢，有時也過於複雜了。她喜好講述她的夢，特別是她過世的家人。

我表姊，四姨的大女兒，身材是我的三倍，是跆拳道教練。她開道館，手下一堆學生教練不用她自己出馬。她幾乎不用出工，閒閒在家和女兒一起，後來她決定和她不中用打零工的先生離婚。她受不了老實賺錢的男人，跟了一個大老闆，搬到很偏鄉的地方。那地方有一所小學叫林檬小學，學生不到十人。我常常會遠遠經過那座校門，總覺得那很像拍鬼片的學校。

聽我弟弟說，表姊參加跆拳道比賽都是有東西罩她的，我開廟堂的姨丈幫她弄的。聽說她上場前腳底會塗上什麼東西的血。她沒有輸過一場比賽，就是這樣打下她的江山的。我想看看她腳底是不是有洗不掉的血跡，還有那些半夜會自己動起來的小玩具車。主人會問，拿東西拜你好不好？看不見的東西說，好，你好我也好。

小玩具車很快就被忘記了。外婆壞掉的腎臟、外公壞掉的膀胱、阿姨們壞掉的腦袋。那裡面的風鬼趕不走了，坐在疾病席上。霸佔一個個內臟、一張張臉蛋。最後都要燒成灰。

那個潮濕的目的地，注定團圓。注定悲哀。一支支白色燈管，很快就燒掉了。沒日沒夜地亮著。那些垃圾繼續在燒。

12 她去大水溝坐船了

月亮風箏，月亮風箏
今晚我們在一起
明晚不知道

我四姨叫阿嬌姨去幫她的新廟除草，說她除一除就發起呆來，沒有在做事。完了還要和四姨吵，說她才給三十塊，給印尼婆一百塊，不公平。她們吵這些已經很久了。一身透明的阿嬌姨早就被麥木娜搭上了，她們一起在清晨遊蕩。四姨說，他們那種人就是這樣的，和月亮一樣變來變去，一樣泥巴軟沒力氣。

我媽媽叫阿嬌姨去除草時她說，黃昏不可以除草。

黃昏是鬼出來的時候，鬼會在草裡，你除草會不小心砍到他們的頭。

所以黃昏人家趁涼在除草，她反而早早收工。

不管人家叫她做什麼工作，她都不行了。她沒法專注，走神。她邊走神邊騎腳踏車，有次跌倒在馬路上，看見她阿爸把她的腳踏車扶起來，移到路邊，她才沒事的。我媽媽看她這樣幫她買了保險。她來我家還餵我家貓濕糧包，結果貓吐了一大堆。不知道她那些東西放了多久，她沒有冰箱。我看她貓多，買了包好的貓料給她。她還說，她的貓很挑食的。

阿嬌姨穿了一身透明在四姨的舊廟裡。去把你衣服穿好，我媽媽會罵她。她穿和她阿爸一樣的那種單薄白背心。她早就睡在一大堆神像前面了，睡覺要不要穿整整齊齊我不知道。我四姨看她這樣，更不想讓她住在那裡。在那堆神像前面，在廟堂正中「神通廣大」那四個大字前面，阿嬌姨搞了個大垃圾堆，我都無法寫清楚的垃圾堆。貓屎、破爛、三台腳踏車、全壞的、東一個西一個沒洗過的空罐、被雨淋過的舊書報紙堆。清晨到早上，她在神像前一身透明，好像和神很親近，像家人一樣。她就睡在廟的地板上，一身透明和垃圾堆和神像在一起睡。

她弄髒了一座廟。不知道這個神通廣大可以把人帶到哪裡。神通廣大的垃圾越來越多，蚊子蒼蠅爬蟲類。我們不知道阿嬌姨在和誰講話，不知道她聽到月亮還是垃圾的聲音。慢慢的耳朵會關起來，子宮關起來，雙手雙腳關起來。長出像蒼蠅那樣的翅膀粗鄙地活著，那樣令人討厭，那樣沾滿糞便那樣醜，那樣被毫不留情地打死。我把蒼蠅一隻一隻丟到臭水溝裡。

阿嬌姨和我說那個拜日本神的男人，一個尿失禁睡在街邊的男人。我去找阿嬌姨的時候看見了他。我認出了那樣的臉、那氣味、那被困在裡面的靈魂，困在那船身裡的身體。他拜的是鬼不是神，這裡沒有人拜日本神的。她說那男人用鋤頭打爛櫃子、打爛電風扇。那又是一種醫院查不出來的病。他有病的，不要靠近他，我大聲和阿嬌姨講。

後來阿嬌姨說日本鬼男人要和她結婚，要給她二十千。還說他有錢的，只是不要睡家裡。又被我媽媽亂罵一頓，哪裡來的二十千。日本鬼男人拜日本神，唸日本經，明明就是一個已經神智不清的人。他們都是被拖上岸已經快缺氧的魚，因為這種海陸的切換，他們的手腳都慢慢遲鈍了。我把阿嬌姨帶到靠近水的地方，讓她遠離那些已經乾掉的東西。

阿嬌姨收了很多報紙，每天都在看舊報紙，一張一張看。她看得津津有味，把報紙拿起來一大張遮住全部視線。在那個報紙擋起來的世界裡，那一個個字是一根根野草，她變成一頭牛。慢條斯理地嚼著。有的時候因為太忘我了，她會閉上眼睛去到咖啡店的房間裡。在那裡她曾俐落的手上上下下幫村裡的人幫兄弟姊妹的孩子剪頭髮，三十年了，她沒有再拿過理髮剪。全部都消失了，沒有人替她留下一把。我看過那把剪刀，當時已經鏽跡斑斑了，在她房間的抽屜裡。

報紙陪伴著他們那一代人長大，他們習慣拿那種摸了手會黑的報紙，習慣報紙給他們的廉價感。每一家咖啡店只有一份報紙，大家輪看抽來抽去，訂報紙太奢侈了。我從來沒喜歡過報紙，一張都看不下。我媽媽以前也看得很仔細，會把養身保健類的常識剪下來貼在牆壁上，在那大家都會經過的牆上，貼滿了紅豆薏仁消水腫之類的報紙。經過的次數多了，我也被植入了某些觀念或是諺語。什麼乾掉的魚也不會有血了。大象四隻粗壯的腳也會跌倒。一整年的熱被一天的雨消掉了。看不到自己臉上的灰，可遠方的星星是看得到的。壞掉的房子，重新上漆就好。吃菠蘿蜜，不要被汁液黏到。那些有黑色毛的貓，是人變成的。摸著石頭過河，不要怕。

邊潛水邊喝水，一次可以做兩件事。

報紙接不住阿嬌姨的重量的，地板上的髒都沒有變，我動不動受傷的手也沒有變。

她慢慢地收集，攪拌這些散碎的東西。一點點修剪，她那小小的髒翅膀。

我讀到第二遍了。你已經幫她整理乾淨，一遍又一遍又一遍的整理。

阿嬌姨一身的透明，要去結婚了，和一個瘋子結婚。

她穿在身上的，像煙的東西，大大小小的。

我知道她會唸經把他先生咒死，那些人都是有病的，活不久的。

風已經透進她全身的內臟了，一身的透明，和白蟻的翅一樣。

我不敢看那些透明的東西，阿嬌姨看到的透明更多。古代人的帽子，現在在這座房子上。那些被她找到的垃圾，這些用垃圾堆積起來的避風港根本還是垃圾，不堪一擊。有一次我去找她，喊她沒人應。我從旁邊已經拆掉的房子好不容易繞到她後門，看見幾乎全黑的水溝，聞到那種氣味那種破爛，很快就會全部垮掉的。

而不管房子多破不管發生了什麼事，阿嬌姨都不吭聲。不像那些雞下了一個蛋就在叫。不論病或痛，她都不吭聲。像貓那樣沒有發出什麼聲音。我們窮人都是安靜的，硬挺的安靜。花落無聲，魚死無聲。魚游也無聲，花開也無聲。她一身透明，去大水溝坐船了。

阿公阿嬤的墓在那座義山上，開車都會經過那個大轉彎。一座座圓形的墓，大大小小的圓形。在夜晚會變成一個個水池，人走過會掉下去的，所以晚上千萬別去墓園。以前那些去了新加坡的親戚都會在清明節回來，我媽媽忙著打掃房間給他們住。現在我媽媽沒力氣打掃了，她把鞋子穿進家裡，除了睡覺才把鞋子脫掉。新冠疫情三年，那些墓荒廢了三年，草長得和人一樣高。我媽媽去不了了。我和我弟弟帶了把鐮刀，我爸爸磨利的以前阿嬤殺雞用的刀，去砍草。十多年我們家沒殺動物了，這刀用不上。當時沒錢，他們的墓鑲上小小的圓形照片，最樸素的。不過那些有的，早就被陽光曬得全部變白，更像鬼，像野白花、野草花。一隻野狗遠遠的在拉野屎，和樹在一起拉屎。

阿公留了房子給我們，他的墓不能不理。下場雨草就會長回，砍也是徒勞的。在荒草中把墓地整理出來，周圍一圈的草除掉。義山的螢火蟲，已經穿過那些死者的臉，筋疲力盡得消瘦了。不停壯大的野薄荷，對抗那些牛芒草。在被砍掉的草上，露出了乾硬的泥土，我的眼睛爬過一堆亂石，站在我阿公阿嬤的墓前。一棟的陽光，那艘船，最終停在這義山上。一百艘船，一百個少年，全部跳進土裡。

阿公以前有一隻狗叫黑追，要用福建話唸。黑追是一隻黑菜狗，頸上掛著狗牌，每年要付五塊錢的狗稅金，這樣狗才不會被馬來人打死。我們現在的狗叫小白，小白我回來了。全世界只有這隻狗我一叫牠牠老遠就奮力衝過來撲向我，和一個孩子一樣。掉滿一地的蓮霧我回來了，沒有人會撿起這些，和泥土落葉在一起的爛水果。

我住了兩天的黃昏，摸透了小白，仔細幫牠洗了，洗狗是為了不要讓狗開始死去。牠不再追趕來來往往的路人，牠不再用力吠了。我媽媽叫我去燒那些榴槤皮，說是很好的肥料，去放在楊桃樹下。我弟弟每天去檢舉那些燒垃圾的人，隔壁也在燒。我沒有聽我媽媽的話，我拿了榔頭用力打爛，打一打就全身出汗。有刺，要小心，有刺的東西太多了，被刺到就會醒來了。

狗屎髒了月亮，月亮一半掉了，掉在野草堆裡。風打在外面那棵芒果樹上，它老了，不結果了，他們準備把它砍掉。我摸摸它，它流汁了。風很快吹乾了它的淚。現在已經沒有人要種果樹了，我媽媽沒力氣種了。姊姊說，我不在的時候，她作過一個夢，夢見我從二樓陽台跳下去。然後呢？我急著問。你沒有死，沒有受傷。

風打在我自己身上，有一天我也會被砍掉，等我結不了果的時候。等我滿含恨意地衰弱，繼續衰弱。等我搭上月亮風箏的便車。

少年乳房長在瘋人院的森林，破掉的山口。從那山頂可以看到那山腳小鎮，從山頂的夜晚往下看，那零零星星的燈光就是麥木娜，零零星星的笑，零零星星的悲傷。

我學我媽媽親手埋過幾隻動物，我鋤了洞要埋。我媽媽摸過的野草，泥土，都在那裡。那些被我媽媽鋤過的。我沒有厭倦過這些泥土。一下就把手用髒了。給阿嬌姨的幾件新衣服、鞋子，我幫她洗好了，像我媽媽以前幫我們做的一樣。她被太陽的重量來來回回壓扁了。她在看下雨，她住在那裡。在那裡，地瓜成了一顆顆沒有眼睛的死胎，我削它的皮，切塊，水煮。地瓜皮隨手丟在外面泥地上，枝丟在地上隨便發芽。

我在這裡見多了陽光，見多了掃把。都在桌子上，在這本書裡。被揉成一團，一團又一團。現在外面病毒盛開，我還找不到一個好句子。外面風雨來了，一直來一直來。我在這裡旺盛地住過，這裡的陽光飛快地出汗。

她隨手丟的薑，就在水溝邊長大了。

我握著她那隻手，一看就知道摸過泥土的手。

阿嬌姨，如果太遠了，我載你去。

如果太重了，我幫你載。

那些燒金紙的味道，從一條路吹到另一條路。那些神騎出巡的馬，泥色的馬，很快就乾掉碎掉散一地了。熱得我要去澆花，熱得我身上的清水不夠了。剛剛開始作夢，就破曉了。太陽，來找我，去椰子樹那裡決鬥決鬥。

他媽的什麼藝術家，我想用另一個媽媽取代他。比螞蟻還用力的藝術家，為什麼我們要這麼用力氣地活著。我們的力氣從早到晚，像個盲人一樣。寫作和阿嬌姨的垃圾堆一樣，只有她才知道那些不是垃圾。

我的口袋很快就破洞了，開始在家裡的書裡找錢，我媽媽會把錢夾在書裡。她拿了張一百塊錢給我，我收了。

這裡每一條河都是黃河。每走一段就有一道黃河。那有什麼了不起。這裡有無所不吸收的泥土。全部的年輕。一身汗的人們。垃圾和年輕就一線之差。寫作和垃圾也一線之差。我就在這邊上。被一陣強風黏在這裡。

那條泥巴河，那些陷在沼澤裡的樹，外形模糊了。一漲潮，卡在那裡的垃圾就自行脫落了。

緊附在那裡的靈魂，也跟著滑落了。

這一條路彎在那裡，窄在那裡。就沒有路了。

不出力划船，船只能歪歪斜斜地漂浮。我早就看見你，注定的歪斜。注定的漂浮。

寫到船出海，全速離去。

夜裡，一棵棵油粽樹睡著了。鬼睡在上面的鳥巢蕨裡。

一棵樹是很多人的家。泥土是很多人的家。人在泥土上休息。

泥土在海上休息。土變得很小很小。

船出海了。

13 南海飛來的燕子變多了

陸上的靈魂
變成了樹葉
海上的靈魂
變成了魚

年尾風很大。大風季。吹來吹去飛來飛去的風。在外面玩的小孩被風猛吹，常常就生病了。那些四面八方的鬼，海上的、陸上的、森林的、沼澤的、高山的、平地的，都要來吃這風的宴席。阿嬌姨是這樣一次一次一點一點被吃掉的。她越來越多的自言自語，越來越強的食欲。她在夜裡不睡覺，那些東西訓練有素地在她頭腦裡飛來飛去。

．

阿嬌姨，麥木娜擋在那個路口，路邊空蕩蕩，那三棵樹都被她砍了。

小妹妹，你為什麼要在這裡遊蕩，那地圖已經破掉了。

去陸地就有得吃，去海也有得吃，去哪裡都沒有關係。

麥木娜，妳不要來。回去，回妳的家去。

我沒有家了，我在瘋人院。他們用漁網網住了我，把我送去瘋人院。

麥木娜爬上那廢棄的潛水艇。那艘放在岸上給大家參觀的潛水艇。我也學她小心地爬了上去。在月光下我看清楚了麥木娜那張美麗的臉，麥木娜，你真美。我知道你，大家都知道你。麥木娜現在不會說話了，她只會唱歌。唱那首有她名字的歌。唱誒哇布蘭，誒哇布列。

阿嬌姨把一袋又一袋的家當用腳踏車載來我家。那一袋一袋的命運，都是壞的。堆放在我家的車庫，以前的皮蛋工廠，我們還把一隻狗鏈在那裡。那裡有數不清的一袋又一袋的雜物，我媽媽去收來的。她去環保站，一次又一次收進來的東西，和阿嬌姨的東西混在裡面，只有她自己分得出來。破爛和破爛在一起，泥土和泥土在一起，都分不清了。

阿嬌姨的東西一直堆放在我家，一直放到那隻黑狗死了。我媽媽走不動了。阿嬌姨動不動消失很久，沒有人知道她去哪裡。我去找她，只有我會去找她。我去把她找出來，代我媽媽去的。一次下大雨我開車送她回家，車子進到黑漆漆沒路燈的小路，看到三個黃色和尚坐在她門口，嚇到我的手都不會打方向燈了。硬著頭皮下車去看看，其中一位說著不太流利的中文，說他的徒弟半夜兩點會來接走他們。阿嬌姨找出一塊大草蓆給他們，三個泰國和尚就睡在她門口。

還有一次阿嬌姨隔壁的老太太死了，晚上會聽到老太太叫她兒子的聲音。阿財啊，阿財啊。叫我聽聽看。那間老太太走了的房子，剩下那位叫阿財的兒子。房子外的電燈亮著，阿嬌姨說老太太很省電，不會這樣開一整晚的。老太太原本足不出戶，腳也不太好。沒有人知道她為什麼要走出去，要走到市區車子很多的地方，然後被一台大卡車撞了，傷很重，送到醫院走了。

我聽到那種鳥在叫砍、砍、砍、砍的聲音。那種鳥在夜裡不睡覺。阿嬌姨說，這老太太對她口氣很不好，她也不知道為什麼。她現在在幫老太太唸經，她晚上都會聽到老太太回來的聲音。叫她兒子的名字阿財啊，阿財啊。

燕子，把衣服穿好去參加葬禮。你已經沒有媽媽了。

我們都知道五姨丈是自殺，雖然我們沒有人見過這位姨丈。他在鎮上的麗華酒店上吊。留了一些錢說要給女兒，沒有多少。五阿姨也不知道原因，只說他怪怪的。那家酒店離他們家很近，是一間嫖客才會去的便宜酒店，不乾淨的。我小學同學媽媽在那裡打掃，還讓我們進去玩過。我記得她那單薄又褪色又短小的制服，洗到變薄的那種。那時她近視了沒錢買眼鏡，學校還幫她出錢了。因為家裡沒錢成績也不好，她讀的是最一般的政府學校。很多年後聽說她成績變很好，拿獎學金到英國讀書，沒有回來。

他們說五姨丈是為情自殺，我知道不是。誒哇布蘭，誒哇布列。是那種變化很快的怪雲，冤魂變的。風吹來吹去就吹來了。風進去左邊的耳朵，進去左邊的臉。

進去了你左邊的眼睛，就會送來左邊的病。青苔覆蓋你的腳指甲，就會覆蓋你的眼睛。

五阿姨小時候就被送給別人養，因為家裡小孩過多。五阿姨和我原本這些阿姨卻在長大後熟了起來，我媽媽我三姨常會一起去找她。五阿姨帶著一個還不到十歲的女兒，那也是抱來養的。她的工作是照顧一個傻掉的十二歲女孩，傻掉的女孩就住在她家裡，聽說她九歲的時候去看九皇爺遊街回來就開始發燒。一直說身上有蟲，活的蟲。

她那樣上不了學。她媽媽帶她拜過很多神。沒一個有用。沒有聲音也沒有指示。

小妹妹，螞蟻不會聞到的，別人不會聽到的那些密不透風的聲音的。我知道你不是白痴。你會讀書會寫字還會畫畫。五阿姨把她照顧得好好的，希望有一天她會好，可以回去上學。

我走進小學裡的遊樂場，賣玩具的小卡車停在那裡。幾乎每家小孩都買到了便宜的玩具。那時候阿嬌姨很大方，她會送我們小孩子每人一樣玩具。穿過那小學獨有的圓形拱門，我一直走到草場盡頭。那裡是學生逃跑的地方，爬上籬笆跳下去。老師就打不到你，找不到你。那些逃跑的孩子去了哪裡沒人知道。再過去一點是跳遠的沙坑，我們脫掉校鞋赤腳排成一排，一個接一個奮力地跑，用力一蹬，飛落沙坑。反反覆覆的玩。沒有人管我們跳了多遠，投進了幾顆球，跑的速度有多快。我們都是脫鞋跑的，那樣才跑得快。

那時候老師都在用力打學生。不管那些智力弱阿達的小孩，少過九十分一分打一下。排隊被打。那跛腳的數學老師打得最用力，還有跛腳的道德老師，好像在洩自己跛腳的恨。長大後我才知道那是小兒麻痺症。我有小學同學現在當了老師，她還在用力鞭打學生，不知道她又是在洩什麼恨。我小學畢業後靠獎學金去了鎮上唯一沒有打人的中學，那是要錢的學校，大部份人不會去。我朋友去的另一間學校，他們老師就拿藤鞭站在校門口，遲到的都要鞭。我睜大眼聽他說這些，他說我們是男生沒關係，我們落後地方用的是落後的教育。

我這些住在咖啡店的阿姨舅舅表姊表弟，他們上學的時間很少，大部份只讀到小學。外公外婆不會打小孩，我阿公阿嬤也不會。他們忙生活已經忙不過來了。我大舅不識字，他會寫自己的名字。他沒得選擇，要幫忙家裡。無論如何汽水的甜味已經滲進他們的皮膚，滲進他們的臉。雖然都老了，可那特有的潮州腔一出，他們的臉就變甜了。我們沒有這種臉，我們的臉是辦公室的臉，聲音是門鈴的聲音。這種聲音就和冷氣一樣冷。只有阿嬌姨會唱莫名其妙的歌，還有我大舅傳給我媽媽的搖籃曲，沒有歌詞的搖籃曲。

咖啡店的冰櫃是全村最大的，一打開就聞到冰的味道。冰櫃下層是製冰格，一格一格的長形方塊。我大舅把大冰塊倒在一個桶子裡，用一支錐子敲碎。他會把一些冰塊給我們小孩玩。用一點點的色素加糖就可以泡成一大桶的橘子水，很多人來買那種飲料，一包只要兩毛錢。他很疼小孩子，不會讓我們喝那種廉價的東西。他會開一罐荔枝罐頭，裡面的糖汁一起倒進去，加上一大罐的芬達汽水。很多很多年後，我姊姊和姊夫在他們的新房子辦派對。我看到了荔枝罐頭加芬達。我看到了阿嬌姨快掉光的牙齒，她把冰塊含在嘴裡，好像含的是一塊糖。

阿嬌姨手掌裡的命運已經變成一個冰塊，冰塊在她嘴裡越來越小。

她根本不顧時間，不顧那些亂燒垃圾的人。不顧睡覺的時間，不顧吃飯的時間。她在那裡看她的一張張報紙。

南海飛來的燕子變多了。牠們穿上黑白色的禮服，到處參加葬禮。

那些消失的地方會被重新填滿。一切嶄新的早晨，六點多就會有學生巴士啟動，把小孩送到學校。這些路彎來彎去和河的形狀一樣。風掉了，像樹枝一樣斷了。我爸爸任職的工廠就此廢棄，那座我小時候的樂園。我偷看的一座座廠房，我偷看的一起起事故。只有我在玩，人們都在專注地工作，沒有人發現過我。我看著在工廠籬笆外吃草的牛，我拔草遞到牠嘴邊，牠看我一眼，吃了。那種草粗粗的，很快就在我指尖上劃了一刀。我在那裡跌倒過很多次，受傷過很多次。沒有人看到，沒有人安慰過我。籬笆外的牛是我的上帝。我尿尿給牠看。

那些巨大的機械、來來去去的起重機、卡車。那個跑到工業處理池游泳然後溺死的工人。我遠遠的看到他。那裡看不見水面，人一下去馬上被那些細細的綠色藻類滅頂。我也好想坐在起重機上看這座工廠，沒有人理會我。我遠遠的看著，遠遠的用我的小眼睛小乳房看著。那裡的光線好亮，噪音太多。要很專注才會看清楚，就算看清楚了也不明所以那些事。

我爸爸全身的臭工廠味，那種味道令我很嫌棄，從來不想靠近他。除了那間冷氣辦公室的人身上沒有臭味，全部的人都有。下班後我爸爸會進去冷氣辦公室拿報紙回家，報紙還有冷氣的味道。我們有時會進去吹冷氣的餘溫，坐在沙發上，聞那些冷氣味，聞那些透明的窗戶、百葉窗簾、影印機、電話。報紙拿回去給我媽媽看，她看完拿去殺魚切水果。把報紙鋪在地上，果皮魚鱗內臟不要的東西都用報紙包起來。

我媽媽用鐵刷蹲在地上刷，刷出一層綠色的水。把青苔刷掉才不會滑倒，因為我滑倒過她怕我跌壞了腦整夜沒闔眼。大熱天烘乾了水泥地，我媽媽對抗這些青苔。用力把它們刷死，把它們一個個刷死，她老在洗洗刷刷，刷得白白。一場雨後它們又來了，我大了點後她分我一個刷子一起刷。我刷出了很多綠色的水，不知道那是什麼。還有那些黑黑的水溝水，那裡面有什麼。有爛掉的樹葉，我媽媽把它們撈起來。

很多年後我還會夢到我搭巴士，在工廠大門附近下車。我們是住在工廠裡的小孩，不知道什麼原因，大家陸續搬離工廠，我們家是最後才走的。我在那裡住了九年，九年沒有一本課外書。九年沒看電視，九年用盡了我的小眼睛。工廠我看過了，工人我看過了，這世界還有什麼。除了畫畫比賽，二十四色的蠟筆還有什麼。

從工廠大門走進來，還要走一段路才到我們家。外公一個人換了三趟巴士提了兩瓶藥酒來看我媽媽。我遠遠就看到他了。姊姊們放學走回來，我也遠遠就看到她們了。要穿過工廠的噪音、卡車走的平滑大路、有碎石子的紅泥路才會到。遠遠就看到紅通通的夕陽，一大群一大群南海飛來的燕子，停在電線杆上。一大群一大群的飛蛾，黏在白色燈管上。翅膀掉一地。我撿起那些薄薄的翅膀，夾在我什麼都沒有寫的日記本裡。當老師要日記本去檢查時，她只會發現這些透明的翅膀，很可能她什麼也不會發現。那都沒有關係了，我注定要離開那裡。

誒哇布蘭，誒哇布列。蜘蛛笑了。嘿。嘿。

我們一家七顆心臟。七顆頭。都被蜘蛛笑了。
誒哇布蘭，誒哇布列。結婚的人。負責任的人。都被蜘蛛笑了。
誒哇布蘭，誒哇布列。火車轟隆隆走了。
缺水的少男少女。變成黃色的鬼。吼不出聲。
黃土路。讓它變黃。一句一句變黃。
黃土路。黃泥巴。一條一條變黃。
土太小了。到黃色的夢裡去。

一支蠟燭寫著自己的名字，一支蠟燭寫著敵人的名字。
看看哪支先滅。
把仇報掉。一個一個報掉。

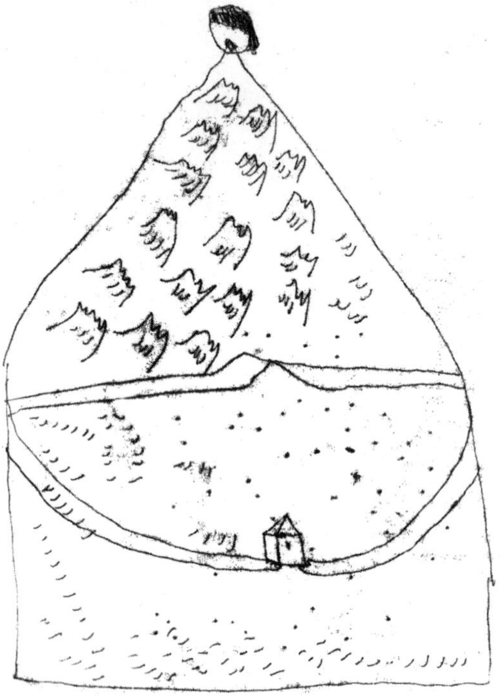

14 中了黑頭病的樹

你身上的小行李
被搬進那個房間

我幫阿嬌姨把她的破爛載去回收。去那裡的路七彎八彎，路寬只夠容一台車，開得我很緊張。到了那裡要鎖車，她說不用鎖，這裡沒人。指指磅秤在那裡，三個秤在馬路邊。一個很瘦的人從屋裡走出來，很俐落地秤了。一大袋的寶特瓶、一袋的鋁罐，她獲得了七塊錢。收破爛的是一家人，有一隻狗叫老大哥。老爸爸每天還要煮飯給兒女吃，阿嬌姨說的。

她叫我順路載她去超市，她賣破爛獲得的七塊錢全部拿來買貓罐頭。我後來才知道她的貓應該是病了，沒胃口。我幫她付完了，自己順便買了狗罐頭。

阿嬌姨的行李箱很多個。我媽媽叫我去載來，全部偷偷丟掉。全部是撿來的行李箱，拉鍊都還好好的。她的衣服沒摺，亂塞。我媽媽在裡面找到一本相本，幾張照片已經受潮顏色糊在一起，只有三張還看得清楚。兩張是年輕的阿嬌姨，一張有她的阿爸。三張照片，我不知道要收在哪裡，隨手插進書櫃裡。

阿嬌姨還有很多個塑膠抽屜，人家丟在路邊的。她撿來放滿東西。她在滿地的破爛中很滿足，說她的人生剛要開始，她會找到一間大房子。花盆、杯碗盤、窗簾都有了。鍋子、什麼鍋都有、什麼大小圖案形狀的盤子都有。我會有第一間房子、第二間房子、第三間房子。聽她說這些話時，我好像也能感受到她在自己的房子裡，打開這所有多年的收藏，所有的杯碗花器終可派上用場。用那個鍋煮麵、有湯勺、有花水果圖案的盤子、有玻璃杯，多出來的容器拿來種花，因為還沒有桌椅，她坐在舊報紙上吃麵。可她說這些話的時候站在破爛堆裡，連半間房子都找不到。過了半年都找不到，過了一年都找不到。

我和我媽媽一次又一次去幫她整理。角落有一隻死掉很久已經變成粉的老鼠，有不知道是什麼生物的屎便。在廟的中間，一大堆用塑膠袋裝的她的私人衣物，和要拿去回收的東西沒有兩樣。在那堆衣物裡，有一個小小的空間，有一隻母貓和三隻小貓在吸奶。那幾隻貓的生命力照在這些破爛上。我和我媽媽弄了一個多小時。幾袋的回收物，我載去賣，獲得十點五塊錢。吃兩餐就沒有了，勉強夠一天。

一場疫情一過，房租漲了很多。她沒有能力租那些很好的房子，可是破爛的房子人們也不租了，要直接賣。過去這二三十年，要租房子還不簡單，現在突然都沒有了。她帶著她的破爛還在找房子。她說要帶著她的東西去放在路邊，搭個帳蓬睡在那裡。我和我媽媽連對視的力氣都沒有。

阿嬌姨的那些家當裡，有好幾大疊的舊報紙。我和我媽媽都要幫她載去回收，她說不行她要看的，說什麼裡面有黃金股票。我看到一張剪下來的報紙訃文。她說，以前的老闆娘死掉了，剪下來拿給別人看，大家才知道她死了。報紙是他們對世界的全部接觸，他們沒有別的東西可以看。這裡的報紙滿滿高高的。他們用老式收音機聽新聞報告，我一聽那種聲音就受不了。

我媽媽費力去幫她整理，我在那惡臭惡熱中難待。廟的租約到期，月底要搬空，阿嬌姨的東西怎麼看都沒有盡頭。我們幫她打聽過很多間，還是每一間都是要賣。現在沒有便宜的房子了。我媽媽每次是去把那些可以賣錢的回收物整理出來包成一袋一袋，我載去賣。我們都戴著手套，那些東西太髒了。

有一次我媽媽叫阿嬌姨幫她買萬字。她把號碼寫在一張小紙片上，紙片太小被風吹掉了。她自己瞎想了一個近似的，結果中了頭獎。有一次她口袋有八百塊她騎腳車時全部掉了。她一點也不在乎，自信滿滿說她以後會中更大的獎。一直沒找到房子，她說要去住老地方。

我隨她去了老地方，那個日本鬼男人已經過世的房子。我一看就呆了，連手機都沒力拿出來拍照。沒有路的，房子在一戶馬來人家的正後方，要貼身經過人家一整排窗戶。那房子根本已經徹底的破，阿嬌姨連鑰匙都沒有，還說，會找到的，會找到的。從外面就看到裡面屋頂全部都破了。擋在門後的雜物一大堆一大堆，開了門也進不去。

那個地方連路都沒有，差一點我車子就轉不出來。我說，我要走大路。這裡沒有大路的，都是小路。

她帶了一罐貓飼料，我說妳這要幹嘛。

餵蛇用的。

只剩下門前的一片屋頂，真的是只有一片。

妳要怎麼睡？

這一片屋頂就可以了。

沒水沒電要怎麼住？

天一下就亮了。

她專門把空房子變成垃圾堆。那樣無可救藥的垃圾堆。她就只需要這樣一片屋頂，還可以去睡在路邊。還說，之前馬來老太太都會罵她，說不能經過她們家的地，現在老太太被她唸經唸到沒有出來了。

你怎麼知道她沒有出來？

我每天都會聽到老太太刮飯鍋的聲音，曬她的長褲，你看現在沒有看到了。

那些經要早上唸、下午唸、晚上唸。唸了就不會睡去，會像太陽那樣清醒。

我撿紙皮、空罐。我八十歲還要去中國走，兩個月以後我就會找到屋子了。兩個月，再兩個月就找到了，我的人生現在才要開始。

租約快到期那天，我四姨僱了一個單日女工，決定把阿嬌姨的東西全部打包丟掉。她買了很多加大加厚的黑垃圾袋，裝滿了一袋又一袋。阿嬌姨一邊搶救她的東西，我在丟掉和搶救中間立場不明。她的東西我幫她搬上車，四姨幫她載去老地方。那天我們載了滿滿三趟，阿嬌姨還是找不到鑰匙。那些東西長長一排堆滿滿在馬來人家的走廊，他們回來看到會瘋掉。我和四姨幫她卸貨，留她一個人在那裡把東西搬到那片僅存的屋頂下，滿滿的雜物早就超出了那片屋頂。落雨的話，這全部東西必糟。我媽媽已經很努力地幫她搶救，那些笨重的碗盤，已經載到我家。

我們認為她那些家當全部是垃圾。那些三大小卡車的雜物去到破屋淋雨，早晚變成無可挽救的垃圾。那些被女工和我四姨打包的黑色大垃圾袋十三袋，不知道要丟在哪裡。我四姨去吃飯時看到一組工人，給他們一些錢去丟掉一半的垃圾，再一半我四姨載去我家和她家慢慢丟。

那天晚上下了一場奇怪的雨，像颱風一樣東掃西掃的雨。我不記得這裡會下這種雨，把我驚醒了。阿嬌姨那個破洞的舊廟，裡面的一組貓媽媽和小貓。一隻大貓死了，阿嬌姨說牠憂鬱症，不想吃。我知道不是，可是她沒錢帶牠去看醫生。那天早上阿嬌姨把牠丟在外面的大水溝。丟在海裡了。我走去看，貓在黑水中的垃圾島上。我馬上唸了一段經。那東掃西掃的雨打在死貓身上，一定很快就爛了。為什麼要把死貓丟在大水溝裡，我沒有多問她。她沒有鋤頭，要怎麼挖洞。她不會連屍體要入土都忘了吧。

阿嬌姨說要帶著貓去吉隆坡做家庭幫工，有人要請她。又說黃大仙說今年很多動物會死，聽到很多動物的慘叫。我去問我媽媽，誰是黃大仙？她都黑白亂講四散亂講的。我媽媽從來不去管阿嬌姨那些迷信的東西，想都不用想不用理她。

阿嬌姨那破廟收留了八隻貓，那隻大貓死後，我替我媽媽接了一隻小貓來家裡，牠是沒有媽媽的，阿嬌姨從超市附近撿回來的。我帶小貓回家，很快發現牠有跳蚤，帶去給獸醫看，花了七十六塊錢。醫生說肚子大大可能有蟲。我馬上想到阿嬌姨那全部的貓，一定都有跳蚤肚子有蟲，死掉的大貓說不定就是中蛔蟲。

阿嬌姨聽我說了，掏出一些錢叫我幫她買藥。我幫那四隻貓餵了藥水，我對貓的熟練比她對破爛熟。幾次我去看她，她不會清貓砂，貓大便就和她睡在一室。有些貓就大在地板上，她沒有及時去清。在那僅剩租約到期的天數裡，她和那些貓和大便一起睡在廟的地板上。

我沒辦法一直來看你，你要自己收拾。我媽媽用潮州話和阿嬌姨講。阿嬌姨不知道我媽媽的病，叫她用兩個拐杖走路。每一次知道我要去找阿嬌姨，我媽媽就會拿幾塊錢叫我買麵包給她，叫我拿個十塊錢給她。因為一直沒找到房子，我媽媽試著搶救舊廟。那間破廟一半的牆早就沒了，用大帆布遮住的，上面沒遮完。我媽媽叫人來看修理要多少錢。一個高頭大馬的人來了，嗓門很大。沒兩句就說，這裡沒有房間要怎麼住？這個廟有骯髒東西的，不要住。

中了黑頭病的樹，開出的花歪歪破破的。葉片失去光澤，綠色褪去，乾枯掉落。幹莖流出黑色汁液，遲早枯死。芒果樹自己生蟲，死了。蒼蠅吃過了那個杯子，蒼蠅飛來飛去。月亮風箏掉了下來。一隻一隻燕子摔了下來。一層一層的泥土用完了。

阿嬌姨中的是人類的黑頭病。我幾次想去帶走那組大貓小貓，希望可以帶到一個更有衛生條件的地方，那隻大貓要去結育。阿嬌姨說，吃結育飼料就可以結育了，我一下子說不出話來。那些小貓看到我就哈氣，我不想拆散他們。可我知道接下來阿嬌姨自己都沒地方住，何況這些貓了。在那些僅存的美好裡，我沒有力氣去破壞他們。

那裡很快就會被拆掉，她不會找到房子。那個破老地方也沒法住人，阿嬌姨會在世界上流浪。她還要去撿雞骨頭和人家吃不乾淨的雞肉來餵那些貓。

她相信神會指路給她。那些路雖然小，都是可以走的。

她相信神的風會叫醒那些已經成粉的骨頭。

神會把死掉的人一個一個活起來。

不管發生什麼事，她都可以唸經。那些破爛穿一穿就鬆掉了。風早就進去那老房子了，屋頂破了就是破了，野草坐得到處都是。我開我爸的破車，在大下午出去找她。路上沒有車，我停好車再慢慢走。熱黏了一層在我的皮上，我每天要用這種儀式讓自己不要睡去。讓自己親近太陽，讓太陽充塞腦袋。讓陽光摟著我，讓我寫進去。寫阿嬌姨唸那種經，把仇解掉的經。貓就不會亂吵亂叫。

燕子醫生沒說什麼。就流成了一條條髒溝水。比平常更髒更黑了。麥木娜熨了熨最後的衣裳。燒焦了。蚊子飛進來。被打死了。兩個乳頭睡熟了。兩隻眼睛都濕了。通通混在一起。把身體洗乾淨。看起來比較健康了。

15 啤啤鳥

月亮風箏，月亮風箏
回去一個有野草的地方
綠油油的就可以了

這裡荒廢的房子越來越多了，在路邊隨處可見出售的牌子。我從來沒想過買房，全部認識的人都有了自己的房子。一年前，我的破爛同好小君買了廉價屋，在一個很鄉下的馬來地方。她沒婚沒小孩，本來好好地住在家裡。用台灣回來的美術系混飯吃，疫情兩年收入變零。她爸爸還活著的時候說，小君，你要在這裡住多久都可以。她爸爸過世沒多久，她連曬衣服的地方都被佔掉了。我一定會被趕出這房子。於是擠出了二十七千的頭期去買屋，存款空了。

我和我家人說我買了廉價屋。沒有人說一句話。我媽媽說，不夠錢的話可以和她講。她拿三千塊給我，放在我房間。我不想碰。有一天我動了念要收下那筆錢時，車子被撞了。修了七千多，我媽媽那三千塊，全部就不見了。我朋友叫我帳號拿來，他存兩千塊給我。另一個朋友說他把一張鍾正川的畫賣掉，八千塊，三千塊借我。等我真的很鬆很鬆的時候再還他。

那時候家裡有一點點聲音我就覺得頭腦要爆炸，腳斜斜的沒辦法走路。

那兩年，她徹底變了，不再去破爛店了。全身穿簡單便宜的印度裝，不聽搖滾樂了。音樂輕到我都受不了。沒有畫畫了，也不想看書了，那些書全部清掉了。她說，很自然的這些改變。等房子建好，她要一個人搬去那裡，重新開始。住在家裡的時候，她已經變成一個影子，一個收入不穩定的影子，沒有人會問她要不要吃飯。有一段時間她一個人住在停業的畫室，睡在地板上，拿剩飯餵外面的鴿子，那時候開始餵鴿子，牠們真的會吃得很乾淨。我去了她的老家，她妹妹一家人的東西已經佔完全部空間。兩個小孩，在這裡，有小孩就贏了，被趕出去的人是我，她說。

留在這裡的人都找到一條安份的路了。不管去台灣去哪裡，回來這裡，只要有房、有車、有工作，有伴侶、有小孩，這樣就正常了。教數學補習的台大經濟系，找到另一條路教英文數學，我問他英文你怎麼會。他說你看不起我嗎，我要賺這個錢就是會。不久後他買了如新的二手賓士，非常得意。他說買不起房，就買了車。要門面的。

只有我，我的手現在還是洗不乾淨的狗臭味。我坐在外面，看那些打扮得體的人。自己從來沒有穿得上那樣的衣，穿那樣的衣是什麼感覺，我沒有想要過。我感到那些破爛在叫我，沒多久我要去一下破爛店。那些破爛店被整理得精神奕奕，在那種鐵皮屋裡，那些破爛的人必收留幾隻貓狗。和阿嬌姨一樣，破爛和破爛在一起，卻比磚頭房子要有生命力一百千倍。每一件破爛被好好對待過，花上兩個小時整理一雙舊鞋，他們珍惜人們眼中的破爛。那些被一件一件整理好成排成排的破爛。幾只大電風扇在吹，還有微弱的收音機聲。只有店員聽見，只有他專注在那個微弱的世界裡。

幫阿嬌姨賣了幾次破爛後，我留意到鎮上越來越多的破爛人。我家那裡就有一個，他比較專業，不用手撿，有一個長夾子。不時巡路面，翻開每個垃圾桶，路過時還和我打招呼。有一次我開車經過市區，瞥見阿嬌姨，一台腳踏車綁了滿滿的東西。我媽媽、我四姨都力阻阿嬌姨做這些，她們討厭那個撿破爛的妹妹，為什麼家裡會有一個人撿破爛。每天穿得破破髒髒，拾別人不要的東西，和垃圾堆住在一起。叫她不要和垃圾堆在一起！我四姨常大吼。

我媽媽也是和隱形的垃圾堆住在一起的，她在家裡掛那些從回收站撿來的畫。很大張的梅花、雪景、瀑布，我們一輩子沒見過的景色。還有一張裱起來下面有公司行號的佛經，她得意地和我說，你看，台灣的。挖破爛已經成為我們無可救藥的病，她為自己，為五個孩子挖破爛。我為自己挖破爛。阿嬌姨也挖破爛。每個人的破爛不一樣，有明顯的破爛，隱形的破爛。我的破爛病動不動要發作，一進到二手店就平息了。發現在破爛堆中的貓就滿心溫暖，好像這世界只有收留貓的是好人。

我坐在新長出來的桑椹樹下，口袋塞了滿滿的二姊從新加坡帶給我的錢。我知道這些錢就像我媽媽給阿嬌姨的錢，就像大姨媽給二舅的錢。我總有一天要拒收這些錢。我載我媽媽去看她種的水果，我們坐在車子裡。她走不動了，我把車窗搖下來。這是我們即將要賣掉的房子，她應該是最後一次來看她種的水果了。芒果樹還沒結果，其它是野長的、白發的。我、阿嬌姨和她，一起坐在車裡看了最後一次這些果樹。

我的腳拂過那些野草，我熟悉這個，走進扎人的野草地。我拿刀去砍我媽媽種的鳳梨，已經被蟲咬了一個大洞，我媽媽還是叫我去砍下來。小白每天在這樹下尿尿。我們家裡沒有人要除草，草越來越長了。

陽光已經把那一排衣服曬得很乾了，我熟悉這些破爛，這些垃圾。我被那些破爛吸引。因為我們出生在破爛地，因為我們就是從落後地方長出來的。

我們準備要賣掉那間房子給我媽媽請女傭。請女傭花很多錢，比女兒兒子都貴。不過，大家都是寧可花錢，沒有人要在家顧老人。我連煮一餐她喜歡的都不會，我把幾乎全部的積蓄拿出來，可以像我朋友那樣買間廉價屋的頭期款。在房子還沒賣掉之前先墊來請女傭。我媽媽的病不會好的，我們去看了和她生一樣病的老劉。

在三馬路一家只開一扇小門的店屋裡，老劉坐在輪椅上，前面是一台電視機。老劉的弟弟在全職照顧她，兩姊弟就睡在客廳沙發。一個睡這條，一個睡另外一條。他們家財萬貫，家裡雜亂，還可瞥見房間裡的英國學士照。他們家有一個有名的醫生，我們本來是去請教要看哪位醫生吃什麼藥，未料他們已處在一個完全放棄治療的狀態。老劉對著我媽媽說，阿妹，你還可以走就要走。不然，人家要用手套塑膠袋挖你的大便。

老劉的弟弟說，腦的病就順其自然了，不用看醫生。他們沒有請傭人，印尼人三個月就跑走，請傭人問題很多。好安份，不像我家雞飛狗跳，果然是有錢人的風範。他們家是鎮上有名的望族，致力華文教育，捐很多錢。他們家子女有成，卻沒有一人結婚，沒有一個孫子。聽說，他們有一個哥哥是被爸爸失手打死的。

我媽媽子女多，姊妹多，也找不到人來照顧她，還要賣自己的房子養老，因為我們都是破爛命。老劉在那裡安然的消磨時間，我媽媽拼了命要去幫阿嬌姨打掃，要去做環保。我們應該燒死這種破爛命。我去百貨公司幫我媽媽買了內褲，最貴的。回來她說她內褲很多，去環保站撿的。

我坐在靠近狗的地方，因為沒有人會靠近牠。今天陽光沒有很透，螞蟻一大早就在活了。狗用一個燒壞的飯鍋喝水，狗被鏈著。一排的屋子走過去，被鏈了三條狗，都是華人的房子。我坐在靠近狗的地方，感受一下狗呼吸的空氣。狗睡在一個儲物架的下層，上面滿滿都是雜物，狗是一個會動的雜物。我把八千塊台幣放在口袋裏，準備去換錢，還要去提款。

琳琅滿目的廉價品，把人黏住了。從吃的到用的，一樣一樣。我聞到那些廉價的塑膠味就頭暈。我頭髮開始變白，開始想逃離這裡，逃離日光燈。可我每天在這些雜物堆中，縮成一隻蜘蛛。

我睡在蜘蛛網裡，自己汗濕的內衣也成了一張網。我躺在我媽媽的病裡，躺在她床上的一隻襪子，一塊枕頭。都汗濕了。許許多多的河，在臉上在脖子上。在這裡活著就是了，我姊姊說的，只要活著，有房子住就好。

光明正大的尿味。我媽媽盡力維持的乾乾淨淨，可手一滑就破了。在這裡我靠洗澡活著，一天至少兩次。從臉到腳底都是灰，太陽和馬路給的灰。灰已經貫穿這裡的人，無論他們多用心打扮。太陽和馬路的灰很快就黏上去。我媽媽的腳被黏住了，被泥土黏住了。泥土不放過她，月亮不放過她。在這裡我頭髮一根一根變白，被我媽媽傳染的。

我的書本早就滿滿的灰塵滿滿的黃斑，和我的腳底一樣髒。已經不想抽出來看也不想拿去回收。這裡沒有書店只有屎燕。壓在我鼻子上的眼鏡越來越重，和那些書本的重量一樣。那些從台灣搬回來的書，沒有、沒有一個人會看。我從台灣搬回來的畫歪歪扭扭的掛在牆上，掛到它們也忘了自己是一張畫。背後肯定滿滿灰塵有壁虎屎，到處都有壁虎屎。一碰到這些書就想去洗手，一到下午就想去洗澡。

在這裡很多很多天後，人會開始失效。會沒有錢。錢不是放銀行發霉的，阿嬌姨說。她沒有銀行存款，連身份證都不見很多次，罰款越來越高。她是一個稀有的沒有身份證的人。她的身份證屢次被偷走，到底是誰要偷她的身份證。

我躺在床上聽回教堂的誦經，一句都聽不懂。聽起來是在和神喊話，用在屋頂上的廣播器喊。這裡看得到太陽移動的方向，很清楚的。在台北看不到太陽，我從來不知道太陽從哪裡升起哪裡落下。誦經聲越來越小聲，已經聽不到喊叫的氣勢了，可能是換了一個溫和的人。摩托車一台接一台駛過，太陽越大，鳥叫聲就沒有了。誦經聲又大聲起來，接著就停了。陽光一直很穩定，好像有這樣的陽光、有泥土、有菜、偶爾有政府送的米，一切就沒有問題。陽光透進浴廁，我在大號時就看到了那隻啤啤鳥。

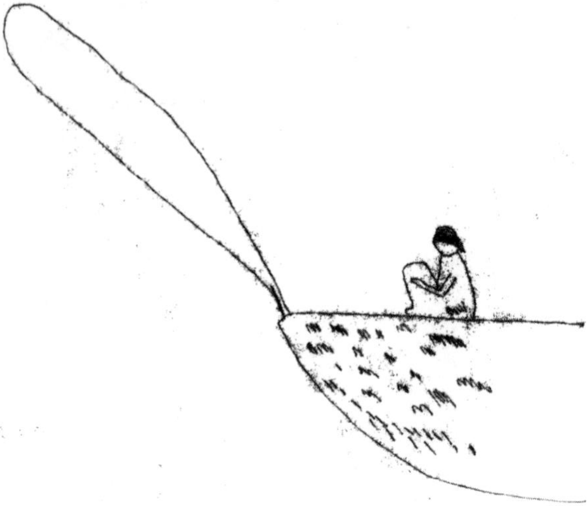

16 我阿公賣掉的船

土太小了
一下子就死了

一大早兩種鳥就在叫了，雞屎花開滿地。我去海邊坐了一整天。早上的鳥叫黏在我身上，然後是遠方的雞啼。不管早上中午下午都當早上啼的公雞，雞都不正常了。海邊一直都有稀稀落落的人在玩，只有我不正常和那隻公雞一樣。這裡連鳥都是瘦的，瘦成泥巴，像泥巴一樣的鳥。全部都是泥土。這裡是世界的源頭，這些鳥是我的上帝。

沙灘上亂七八糟的東西，一大堆木麻黃細瘦的葉子，掉下來小小的松果，上百上千顆，很快就被沙埋掉了。到了這裡，你不會有煩惱。全部都會被風、被浪、被沙埋掉。吹海風久了，就忘記自己是一個人，忘記自己本來要做什麼。好像已經不是人類了。在海邊走。沒有去海邊的話，我去河邊沼澤吸吸泥巴味。每次尿尿的時候要讓自己隨尿尿出去，平平整整的在泥土裡。

路直直到水毛花沼澤。小小山鴉在樹上。柚木長在路兩旁。我全身不清不楚。他們全部都有買保險，都去好的醫院，我沒有。我把自己專注流成一塊經血，流在浴室的地上。九點太陽已經很烈了，不整齊的。這裡沒有東西是整齊的，什麼都亂。陽光一碰到地面所有東西就亂了，亂成我的經血。

每天早上我經過一個荒廢的公園就破爛命發作，我想去砍那顆坐在地上的波羅蜜。我和我媽媽說我要去偷它，沒有人的。我每天都想吃它，每天看著它越變越黃。我媽媽說有人的我就不敢去砍，最後被鳥吃掉了，我每天看它被鳥吃掉一點一點。還有那棵我每天都會經過的芒果樹，準備結果的穗一串串，沒有人的芒果樹。我已經不想去偷了。

荒廢的水泥溜滑梯上面長了一棵樹，把溜滑梯擠破了，還長了很多野草。在這裡我只剩野花野草，我喜歡它們。我看到野花就心花怒放，就想偷回家插。我喜歡在陽光下枯死的大束野草，我看很久。我喜歡那些亂長的東西，那些不整齊的東西。穿那麼整齊做什麼，寫那麼整齊做什麼。什麼對稱什麼平衡我都不想管。客廳地板片片裂。神的力量誰知道。

我坐在祖先牌位前，仔細看了他們的名字。阿公叫林永，阿嬤叫楊玉梅，從印尼來的。印尼也有啤啤鳥，這種鳥很常見。啤啤鳥天生很小巧，到處都可以看到。下雨後啤啤鳥在路邊的水窪洗澡，還有啤啤牌漂白水、啤啤味零食。印尼話和馬來話都叫啤啤鳥。我阿公附在那隻啤啤鳥上。那雙小小的花翅膀上。

從印尼來這裡要一個晚上。晚上我阿公開船，通常兩個大人一起。靠指南針走，往東。回頭看不到蘇門答臘的陸地時，會看到巴生港的燈塔，從那裡再往下就到了。麻坡以前也有一個燈塔，船停在現在大橋下的碼頭，那時還沒有大橋。我阿公賣蝦米小魚乾這些乾貨，大馬路有一些九八。九八就是我們賣給他們，賣出一百塊的話，我們拿到九十八塊。

阿公決定把全家人移到這裡。他覺得這裡的馬路很好、水很乾淨。那時候我爸爸身為長子，已經死了三個弟弟。在印尼那座漁島上，沒有自來水。三個男嬰很小就死了，下痢死的。我爸爸沒喝過白開水，他們從小喝咖啡、薏米水。能活過來的只有不到一半。我小姑姑出生時太婆種了一種花，如果開得很旺小孩就不會死。為了確保她可以活，給她當神的義女。不過，小姑姑還是活不過五十歲。

他們偷渡到這裡，不知道我阿公用了什麼方式。約莫是騙政府說自己在山裡住很久，不知道要報身份證。我爸爸就這樣拿到了身份證。我大姑姑後來才來，這方法不管用了。阿公的朋友賣給他一張死去小孩的身份證。於是我大姑姑一直用那死去小孩的名字和身份證。後來身份規定越來越嚴，第三個過來的小姑姑沒拿到身份證，住了很久很久才拿到。

我爸爸在印尼讀的小學是講福建話的，中國的，慶祝十月一號國慶的。那地方很多從福建來的中國人。他的小學叫大眾小學，學校是左派的。兒童節大家會分到一包糖，去電影院看中共的宣傳片。後來印尼政策下來，不能教中文了。我阿公就想把全家帶過來，搬去一個小孩子不會死掉的地方，一個可以學到中文的地方。

我阿公在福建已經有老婆了。他失手打死人，打死偷他們田裡地瓜的人。警察到他們家，他才一路逃。先逃到新加坡，後來聽說印尼漁島很多同鄉，就去了那裡。阿公和他弟弟一起到南洋的。叔公在新加坡碼頭開駁船運貨。娶了一個寡婦，帶了個兒子的，後來不知是抱還是生了個女的。叔公會來找阿公。把鴉片藏在褲檔帶來這裡吸。後來他在碼頭時，有個貨沒綁好，從上面掉下來，從他的頭壓下去，當場死了。阿公帶著我爸爸去送行。

叔公的家人獲得一筆賠償金，被那不是他親生的兒子拿走了。寡婦自殺幾次。那女兒後來是家庭式乩童。常找也在新加坡落腳的大姑姑借錢。大姑姑搬家後沒和她講。就這樣斷了和他們的聯繫。

阿公和叔公都會寄錢會老家。寄一次三十塊，比當地一個月十幾塊的工資高很多。留在福建的老婆聽說哭瞎了眼，抱了個兒子來養。另一位留在大陸的弟弟抱了個女兒來養。阿公和叔公寄來的錢就幫忙養了抱來的這兩個後代。兩個抱來養的一兒一女後來結婚。生了五個孩子，是我的同輩。

阿公回去過好幾次。我爸爸還是貝比時就抱回去過，當時抱來養的大陸兒子已經讀中學了，就是我爸爸同父異母的哥哥，我的大伯。阿公會帶一大桶馬口鐵的餅乾回去給那邊的孫子，我堂姊說的。那肚臍餅她都記得。還有一件裙子，做夢都在笑的裙子。聽我堂姊的回憶我才突然發現了一件事，阿公照顧那邊的家人多過我們，他沒有送過我們小孩子任何東西。

那個時候我們完全不知道阿公還有另一邊的很多家人。我們不知道原來阿公坐過那麼多次飛機。到八十幾歲時他還回去過一次。每次回去都是他自己一個人。回去至少兩個星期。他非親生的兒子孫子們對他都有一份情感一份回憶，是比我們這些當地的親生的還豐沛的。那時候沒意識到阿公的故鄉和我們不一樣。他一個人的故鄉，我們沒有人去過。

阿公阿嬤的遺照都還掛在牆上。他們一起從漁島來到這裡，白手起家。阿公賣了他的小船，租了間浮腳屋。一開始他們養雞、養鴨、養豬，建立小小的農場。後來我阿公在麻河邊放蚌苗，蚌會自然長在那裡。然後他們去挖蚌，一公斤就綁成一袋。不足斤、賣不完的就帶回家吃。蚌殼就堆在地上，整個房子外面的地都放滿了像沙子一樣多的蚌殼，說明他們吃了多少蚌。他們會殺雞、鴨、鴿子、猴子，我爸爸都吃過。他們的手不怕動物的血。

後來一場雨後重災，蚌都被沖走了。也可能還有其它的原因，可能阿公厭倦了海的不穩定性，他們改做皮蛋。大餐廳喜宴做冷盤要用到皮蛋。皮蛋家庭工廠持續了很多年，一直到他們老終。我阿公去過很多地方，他沒說出口的地方。沒有人知道他手上染了多少血。我爸爸回去過漁島一次，他的表哥表弟在那裡。漁島沒有漁業了。曾經很豐富的漁獲，被拖網漁船毀了。他們開始養燕，產燕窩。有起有落，整體還是窮。

阿公是蹲著吃飯的，因為在海上久了。他們是以咖啡代白開水喝的人。咖啡粉是他們的命根，那時鎮上只有一間賣咖啡粉的店。過年了，老闆送給這些老客戶一個日曆，一天撕一張的那種。上面有明星的臉，他們全家都很珍惜這個贈品。

我爸爸叫我去養雞，養雞就夠活了，像他們以前那樣。像一隻雞那樣在外面覓食。屎。我把熱砍倒了，倒在外面。開了五號的電風扇，身體還在冒汗。這種顏色的咖啡，可以喝很多。熱倒在外面，倒成一地馬路。那些公雞母雞鳥都被他們砍死了，一個一個倒下，只剩下我。他們還叫我早上去巴剎賣糕點，我沒有去賣過。我去那間叫南海飛來的廟求籤，神叫我離開這裡。也許，神都叫人離開這裡。

南海飛來是我阿公那代的中國移民蓋的，靠大橋邊。天井處有一口井。據說是南中國海的海水。誰把那海水老遠裝到這裡呢？一開始的時候那海水還像海水，後來就混了雨水。也有人說其實只有一小瓶海水。反正，這間廟很靈驗，那井水在陽光下慢慢變黑，深不見底。有青蛙，也有奇怪的魚。只要往那井水祭拜，用手拜就好。看著那烏黑的水，你就會感到奇特的冷意。神就會聽到你的祈禱。

廟的入口側邊有雞王神，雞王神專門處理夢。你可以跪在板凳上跟祂說出你的夢。不過越來越少人拜雞王，幾乎快荒廢了，可能祂也走了。大部份都是白髮蒼蒼的老人，只有他們繼續祭拜。也許是出於禮貌上的拜，老人還有什麼夢呢？

神枱上的假花紅艷艷，神枱上的燈不亮了。我的曾祖父叫飯來，這麼多年我才看到了他的名字。靜悄悄飛回來的屎燕，死去的靈魂附在短劍上，因此有了神秘的力量。長島、浮島、野新、茅草島、鳥島，這附近的一個個小島。兩乳脹起就成了島。我阿公說的，用一根樹枝就夠划船了。種子掉到海裡就長成了島。季風要起了，要出海了。風流進船口，白蟻山上的木頭樹。零零碎碎的雷雨。船碎了。變成島。

陸地長出來就不怕下沉了。在那座山上，風黏在那裡，黏在我拖鞋上。我作的夢也黏在我拖鞋上。在這裡穿不了長褲，太陽黏在上面。全部都黏在一起，白日夢、髒地板。我想要找一個地方躲起來，像貓一樣安靜地躲著。他們要去的是一個小孩不會死掉的地方，我要去哪裡我還不知道。

風留在四點的指針上，外面的落葉掉了又掉。阿嬌姨把月亮拔掉，車子咻一下走了。月亮的尿尿在她臉上，尿尿的壓痕還在。紅色的馬來了又走。咖啡店的人來了一批又走一批。紅螞蟻把葉子包成了一個巢，那隻貓到處找柔軟的地方睡，看起來時日無多，就沒有趕牠。我和小學同學見了面，看他可以過上朝九晚五的優渥生活，體面的生活，有頭有臉。我只剩一雙泥巴手，有手有腳。牆上的春聯都掉得七七八八了，我沒辦法為自己的媽媽煮出好吃的一餐，我沒有畫過一張美麗的圖畫。姊姊說，你離這裡太遠了。

我們有生活要過。要變形成螞蟻、蜘蛛。我不去餵牛吃草了。去給油棕樹噴農藥。我在上面記下了日期。去變成能夠令人繼續滿意的人。能夠與太陽越來越近。能夠繼續長得更強壯。

我吃飯的時候螞蟻就在我碗邊走來走去，我看書時螞蟻就在書本旁，我洗澡時螞蟻在牆壁上爬來爬去。我們懶得收桌子了，餐桌收一角就自己吃飯。我在這裡偷懶，撿別人不要的。在這裡偷懶吹電風扇。我在下午那個洞裏，狗帶我去的那個洞裡，偷偷躲起來。創作的事已經把我的皮擠破了。

那邊一個太陽，一下子變成了一千隻眼睛，變成了一大片野草，在筆洗裡洗掉了。我畫畫時有罪惡感，好像我是一個不負責任的人。一點一點的野草，叫我不要睡不要睡。我全身被太陽黏住了，眼皮頭髮被太陽黏住了。我的聲音被太陽黏住了，我去找了我的刀。我只是想要自由的創作，不是要成為大師成為什麼。我只是想要擺脫冬天病夏天病貓病狗病泥巴病。

寫東西的晚上我都會做很長的夢。夢見我的雙手都是傷口。

去那個有水的地方。有搖籃的黑水港。去把傷口洗乾淨。

回教的祈禱聲黏在外面的陽光上，黏在每一片葉子上。昨晚的驟雨消失無蹤，出太陽了。我被漿成一片，和那些新洗的衣服一起被陽光穿透透。

我的手先被熱紅了，頭髮還成一片，只剩下眼鏡後面的眼珠。

人和衣服一樣曬在太陽下。

窗戶的光就夠亮了，壞掉的溜滑梯長草了。

對我們來說破一點髒一點沒有問題。泥巴你放馬過來吧。

殘餘的雨一大滴一大滴打在沙厘屋頂上，一大滴一大滴，緩慢地嗒嗒嗒。白色牽牛花、壞掉的電鍋、水桶都在接雨水。四十歲沒工作，我媽媽叫我去存公積金。要說你沒有工作、Tak ada kerja、沒做過工。她還怕我不會馬來話和我說了一次。

從屋簷殘留下來的雨一滴一滴，落在大水溝裡。

厭了就去洗澡，洗臉，洗一次又一次。

陽光把人弄醜了。那些端莊端莊的，是做冷氣房工的。

陽光把我的臉磨醜了。我對我的臉厭了。

悶了，在這裡沒多久就悶了。沒有那些像廢物的書，像廢物的營養。悶了。

我和那隻老貓躺在我媽媽的床上，牠喜歡睡在我媽媽的床上，我去黏牠的。牠沒走。貓十四年了，動作變慢，很怕冷和我一樣。我感受到貓的呼吸，很慢。每隻靠著我的貓都像我媽媽。挖土機挖了一整夜，挖進我們全部人的腦袋。我弟弟一大早去投訴在門口吵架。這個陽光不刺眼。

不間斷的太陽，不間斷的噪音。他們的音量都太大了，左鄰右舍的音量都太大了。我找不到地方躲。不管在哪一間房間都可以聽到我爸爸開的電台，我媽媽開的電視機，隔壁的電視聲。他們好像都耳朵有問題了。我的耳朵無處可躲，我吃飯喝水都會聽到那個十幾年廣告都一樣的電台。我找了一把刀，沒東西砍。

我在乾旱的精神中，把那些雜樹雜花唸一次，那些我媽媽我老師我自己教我自已認識的樹。燈籠花、鴨嘴草、輕粉紅。
珊瑚花、痲瘋樹、接骨草、小還魂、雨久花、六月雪、白馬骨。
紫蘭、野蘭、苞舌蘭、金鈕扣。
狗牙花、老鴉嘴、藍豬耳、蚌花、貓尾射。
海檀木、風雨花、假檳榔、馬島棕、老人棕。
蛇皮果、海紅豆、糖膠樹、五月茶、南洋杉、木波羅、酸楂樹。
豬腸豆、黃牛木。
假茉莉、臭茉莉。
千年菊、豬屎豆。

學阿嬌姨那樣唸經，把我討厭的人咒死。那些樹夠多了，我摸的破爛已經夠多了。那些樹名已經在我的沼澤裡變成咒語了。已經寫到叮人的蟲了。這裡的全部已經破舊不堪。模糊的希望，都破皮破得七七八八了。

小灰姑娘，學他們那樣向灰塵鞠拜，十隻手指合起來像棕櫚葉那樣，十隻手指合起來像石頭那樣。

一個叫泥巴，一個叫太陽。

我從他們身上偷來的東西也夠多了。

寫作和唸經一樣，孤獨的和神吶喊。唸了就平靜了，沒別的用。

直到我們被趕到神的面前，脫下衣服。

阿嬌姨，那一小團的枯葉，你自己忘了。那些破爛要把你帶走，沒有傷口，沒有時間。我們都忘記了，全部的破爛。我們擺脫不了的破爛。

我一定要睡了，月亮請你看著我。

拍拍我的枕頭，吹吹我的眼睛。

夜晚很長，請繼續睡。

17 海邊的孤兒院收留了啤啤鳥

分得很開的乳房
中間有一個月亮
我媽媽
坐在那裡休息

我媽媽喊我，叫我去環保站搬床。她只會叫我去做勞力工。好幾人幫忙把有輪子的病床推到我家門口，停在草地上叫我洗。先用澆花水管沖一遍，再用肥皂水仔仔細擦過，用太陽曬乾它。她說，這種床很貴的。說我大姊的家婆晚年就是去買了一張。手動的起降床。我看不出來有哪裡好。床搬進房間，放上床鋪整理好後，我也躺上去睡睡看。

現在她要別人幫她關燈。走不過去。要別人幫她裝好兩杯水。一溫一涼。她早上起來要喝。早上吃藥要配。床單兩個禮拜要換一次。她不用被子。用一塊床單。這樣比較方便她說。那些破舊的衣服褲子襪子內衣內褲鞋子沒完沒了。和我媽媽的病家裡的爭吵我爸爸的自私我們兒女的無能為力沒完沒了。

我們需要一個傭人。可傭人本身也是一個問題。誰要教傭人煮。誰要叫傭人做這個做那個。誰要安排傭人的工作。我媽媽在睡午覺的時候，傭人也去睡覺了。傭人在她的小天地裡不出來。傭人比我媽媽還晚起床。傭人硬是跑出去騎腳踏車。傭人不聽我媽媽的話。我媽媽叫傭人做這個做那個。傭人不喜歡她。我爸爸老和傭人聊天。

我爸爸會花八百塊錢把外面一棵沒有用的樹砍掉。砍了叫傭人切成一小塊一小塊。整整齊齊的。他做這些事。冷眼看我媽媽的病。辛苦照顧我們的媽媽，到最後和一個沒有同理心的兒子、先生在一起。她走不動，做什麼都很吃力。兒子怪她自己沒有做復建、沒有做運動。先生怎麼想我不知道。我也不想知道。兒子先生都沒有用。我也沒用。我沒正常工作也不要照顧她。病中我們經過一排又一排的黑暗。

經過亂七八糟的雨聲。這些家庭問題已經掙扎到變透明了。變成一塊塊硬掉的顏料。沒辦法用。

月亮消腫了。屋外野草又抽長了。螞蟻聞到這些。聞到這些根深柢固的濕氣。根深柢固的柔軟。已經被抓得很破爛了全部家庭關係。家裡隱藏的問題。準時地破掉了。我們期待請一個傭人填補這一些。明天再說破草帽。我媽媽越來越沒力去管阿嬌姨了。

門開了縫，還是一樣的熱。我們被前屋主騙了。屋外圍起來的那塊草地，不是我們的。那塊地是政府的，要來蓋發電廠的，現下這房子賣不出手了。誰會買發電機在外面的房子。追溯起來的一個個錯，先是我媽媽的朋友介紹這間房子、接著是我爸爸拿到圖沒看仔細、接著是律師沒有和我們說。房子要賣價錢要很低，光是還貸款繳稅早就虧一大堆了。

在病中我們過了一條又一條的河。我媽媽、我們全部都濕透了。那些船都搖搖晃晃，快要沉下去。我們撐了一年又一年。時間很慢。一邊是遊來蕩去的傭人宇宙；一邊是我們陷入的泥灘。我躺在我媽媽撿來的病床上，什麼時候人會把自己擱在病床上呢？我做了一個風箏夢，去了尼加拉瓜的強壯。大到不能再大的水柱，要把生命沖走。我小到不能再小，星星全部下去了。地上生長的草，不用給誰讓路。水直接餵進了張大的嘴巴。

在變暗的菜園裡。啤啤鳥在那裡。來過的，又飛走了。只有石頭還可辨識。那些病弱被掃落在溝邊。那些熱鬧都是別人的。我繼續寫著。寫那匹紅色的馬，又帶著壞禮物來了，還有壞聲音。等一下，等成我媽媽那些一罐又一罐的藥。吃下去也不會好的藥。我媽媽的白頭髮黏得到處都是，螞蟻爬得到處都是。她睡在撿來的病床上，我不時也躺上去睡睡看。

剩下一點點的牙膏，撿來的旅館牙膏，小小一條她都不放過。用她已經扭曲的手用力擠那牙膏，去擦亮冰箱、洗衣機。這種破爛命，到底是誰教她的。反正全部的逗號都消失了，全部是一顆一顆的句號，一顆一顆破洞的句號。我媽媽的洗地聲變成了傭人的洗地聲，家裡停了二十年的餐桌恢復了。我看到一桌的菜，很想哭。現在不用洗碗了，現在是傭人煮的飯。後來我才知道，傭人終究沒有辦法解決我們的問題。

我坐在外面，四面都有鳥叫聲，在叫白天，叫剛起的太陽。遠遠有一棵樹，傘狀的，很快會蓋起房子擋住這些。我媽媽種的羊角豆、野菠菜在我前面。一棵芭樂、一棵楊桃，滿滿是紅螞蟻。紅螞蟻在水溝的對岸，廢棄的椅子藤蔓已經爬上去坐了。沒有人吃的酸楊桃。太陽從遠方的小工廠那裡升起。

我坐在我媽媽的浴室裡，水泥的地面。我媽媽說有整千隻螞蟻在牆壁爬。她和螞蟻說，你們快走，在這裡會被人打死。螞蟻就消失了。東一隻西一隻螞蟻，比台北的蟑螂順眼多了。叫螞蟻出去，牠們會聽話，少數幾隻不聽話也不奇怪。不聽話的螞蟻看我洗澡，我也看著牠。

她願意出門的時候，我載她去海邊的廟看看。被大火燒掉的廟，不到兩年已經和以前一模一樣，只是變小了。縮了一圈。廟主的家倒是擴大了圍籬，我們從外面努力看也看不出什麼。

我問我媽媽，他兒子是做什麼的？

做壞人，他在新加坡做壞人的。那個廟是他自己去燒的。

為什麼？

他以為這樣可以籌到更多錢，結果病毒來了。

那時候廟裡廟外坐滿乞丐或算命人，有一次一個算命人遺漏了他的卡牌，我媽媽收起來後還給他。他為了報答，說，免費幫你算一次命。

我媽媽不算命的，但因為這樣的機緣就說好。

你會得到很多外人的幫助，多過你自己的親人。接著，送了一個海貝殼給我媽媽，說這是好命運線的海貝殼。可經過幾次搬家，我媽媽遺漏了這個海貝殼，說不定它在那被推倒的房子下面。有太多東西帶不走了，連好命運都沒帶走。我媽媽說她不信，她也不信鬼。可她到了晚年又開始東問西問，怕自己的老年不好。

有人送過她一塊寫了她名字的石頭，有人送她一塊好運的玉。她都弄丟了。她在我的書裡放錢，那些我小學時候買的書，放一放就忘記了。有次我很窮的時候在書裡找到了她的錢，很多的大紙鈔，我沒有私吞，只是想想會不會這些錢被哪個傭人拿走了。幫她曬衣洗衣都會在口袋裡找到錢。我那時很窮，很想要錢，可要偷自己媽媽的錢還真做不來。螞蟻不會聞到的。我的熱。我的窮。

螞蟻聞著風的味道，就把自己洗乾淨了。

一隻燕子跌了下來，摔在地上。

拉緊你的耳朵，別被吹走了。

一雨把房子鬆掉了，把樹鬆掉了，把山鬆掉了。

太陽又把他們結實了。

我和我媽媽的病坐在一起，太陽和雨都沒有辦法鬆掉她。

下午我睡在我媽媽的床上，聽電風扇講了很多話。睡在這裡沒有未來。

我和太陽睡過了，從床底下掃好垃圾了。垃圾來歡迎我了，蜜蜂來歡迎我了。每一天都是這些東西在歡迎我，沒有未來。

把含羞草拔掉就可以了，就不會刺到腳。我媽媽脫鞋在草地上走，她想要踩到泥土。踩到泥土才會走，家裡的人工地板她走不了。傭人扶她走。看見她和傭人的背影，我們買了人來替兒女的義務。

在阿公阿嬤的義山，從一條很小很小的路彎進去，有一塊沙灘。退潮的時候，可以從那裡走到對面的無名島上，像他們剛落腳那樣，全部還是雜樹雜草，還沒有名字的島。只有風和泥土。我在那裡看到我阿公賣掉的船。

海風已經灌滿我全身了，沙灘上的垃圾也灌滿我了。海邊的枯葉掉在我腦袋裡。風吹掉全部東西。烏鴉在我頭上叫。我全身是沙。海邊的樹被吹很久了，樹幹越吹越硬，樹葉越吹越軟。海浪把人吹扁了，成了沙灘上褐紅色的落葉。

五點了，海邊的沙已經乾透。

風減弱了，雞還在叫。海邊的那種樹開著白色的小小的花，早晨有花香。椰子葉變黃了。從日出就開始打雷，沒下出雨。海天霧霧的，這裡很少起霧，也沒有冬天。他們一定很歡喜。這裡的太陽收留了我的祖輩。

我專注寫太陽，不停歇的熱，吸在我腦幹上。我就是從落後地方長出來的人。

寫作讓我處在半夢半醒的狀態。海邊的孤兒院，收留了啤啤鳥、印度孔雀、移民來的犀鳥。海邊的孤兒院現在已經破了。移民來的駱駝在沙灘上做苦工，把遊客載來載去。木麻黃在那裡看著。寫作已經把我打敗了，把我打倒在沙灘上。我畫的第一張油畫在牆上，已經變成一片沙灘。我每天在看太陽，逛廉價超市，變成一片泥土。

太陽還沒有滑出來。你的美，你的力量，你的強壯，全部從泥土送給人類。我四姨每天六點要回去煮狗飯，給她的菜狗。女傭在印尼也有兩條菜狗。大家都養菜狗、菜貓。在這裡有房有車有老婆有小孩就可以了。有工作，一切都好。太陽滑出來就好。活生生的服從神，聽神的話。沒有別的。我知道我要做的就像落葉一樣，把文字從腦幹落下來，像神把水落到我們頭上一樣。

路直直到水毛花沼澤，落葉從兩邊掉下來，連續不斷地掉落。我不知道要在哪裡落腳。我坐在那裡等我媽媽來接我，等神來接我。我媽媽走不了了。全部都掉了，全部都在泥土裡了。那些根深的想法，都被吹掉了，被鋤掉了。

我要去閉上眼睛去打開電腦去另一個世界了，從那裡在夜晚出發慢慢就看不到母國的陸地，那時候會看到對岸的燈塔。一直往那裡去，在黑暗中只看到那裡，只往那裡去。

到了白天岸邊的東西就慢慢清楚了，人生也慢慢清楚了。到了岸上東西變多了，又令人亂了，想要這個那個。我回到夜晚的海上就平靜了，一邊是有燈塔的，一邊是有母親的。我在中間來來回回，想很多也忘了很多。

我媽媽的藍色耳朵，聽不見時間了。她娘家那濁色的海水，一次又一次復活她。我躺在我媽媽的藍色耳朵裡，好幾層的藍色，像台北那種沒完沒了的雨。我媽媽的顫抖已經變成那些白色襪子了，我只能摸摸她的藍色耳朵。

我媽媽現在在跟海搏鬥，和她自己的雙手雙腳搏鬥。我恰好看到那些變老的樣子、變薄的臉、變薄的皮膚、骨頭、眼睛。我現在要手寫她看盡一切的眼睛，在我耳朵裡奔跑的眼睛。我現在一小口一小口地吹涼，一切都被淋得濕透，濕在我自己的眼睛裡。

我媽媽她顫抖的腳緊貼著海浪，浪忽大忽小，她也搖搖晃晃。我遞過去的那顆小藥丸，在喊叫中被沖走了。到醫院去、到醫院去、我在醫院跑來跑去，誰知道醫院會把你帶到哪裡。我游過去，全身都濕了。

她的眼睛需要大量的休息，我也不會吵她的眼睛。她努力做善事，特別是這十年。每一分鐘都要去用在別人身上，希望她不中用的妹妹阿嬌姨、還有不中用的女兒我，可以獲得她的福報。她看我全身由上到下很不滿意。從來沒有人看我滿意過，我習慣了這種不滿意。

我到哪裡都有問題，有很多問題。我想到那些雞啼聲就感到人生可以繼續，那些已經分不清時段一天到晚都在亂叫的公雞，就這樣亂叫下去吧，直到有一天人類把你殺掉。你不要忘記，你是來這個世界借住的蒼蠅。你要回去大水溝的家。

媽媽，我已經把太陽寫完了，野草都被我寫死了。

過了一個星期五，又一個星期五，一個回教徒的祈禱日，外面停車不用錢。女人們努力打扮，露出身材，和馬來人不一樣。烤沙爹的煙霧彌漫在那裡，熱在馬路那裡。

你快來看。快來看。我媽媽叫我去看。

看我們種的玉米長了。看我們種的芋頭挖出來了。新鮮的土味。

八點的風啊。外面的風大嗎？

生命一下子就要結束了。

雨下完了。我躺在床上。地上有蟲的屍體。新鮮的昆蟲味。還有熱氣。

我要出去曬一下太陽，去變黑一下。

我把太陽寫完，太陽又出來了。

18 把我的骨灰撒在紅樹林

風找來一把刀
砍在我臉上

我媽媽開始在地板上看到人臉。她很早就睏了，閉著眼和人說話。睏在她房間裡。聚集在她頭腦裡那些東西的眼睛。被吸進沙子裡的眼睛。我準備了一張好床。污垢已經被我刷掉了。被我刷掉了那些我媽媽生病的垢。把它們刷得稀爛。藥瓶藥杯都刷得稀爛。全部被暴雨沖掉。稀哩嘩啦的被沖掉。爛在泥土裡。

她看到鳥、動物、老人、抱小孩的女人在地板上，觀音娘娘在我家樓梯上，馬來少年在我爸車上揮手，一身端莊的馬來少女在草場上。這些全部都是幻覺。尤其是灰色的水泥地，只要她想看到，她就可以看到人臉，低頭就比劃給我看，我也附和說看到了看到了。有一次我在她房間裡放了張草蓆，她說半夜看到我睡在那裡，要去監督她半夜有沒有講夢話。她還擁有隔空移動家人的能力，半夜我弟弟兒子哭，她會看見我弟弟把兒子抱進她房間，把兒子交到她懷抱，低頭一看卻什麼也沒有。

陽光的眼睛在這些低矮的屋頂上，在石頭海岸的每一塊石頭上。我媽媽看見人臉在樹叢裡，在那隨處可見搖曳的椰影下、在甘蔗園、在有烏鴉的地方。全部的東西都是淺色的，被陽光曬淺的。那些長不大的東西，在紙上張開了。安撫了我媽媽的病床，照亮了我身上的刀。我摸到了回家的路。燒焦的。枯萎在那裡。月亮聞到了那個藥的味道。剛落下去的太陽在這裡燒。燒掉生病的乾硬。那些骯髒的恨。斷裂了。成群的明天。通通是破爛。

我睡在我媽媽的房間裡，開了兩隻電風扇還是很熱。我夢見廁所裡的螞蟻，它們在夜晚開工，長長一列搬運。我們清掉了很多東西，讓她走路沒有障礙。風還沒有流進來。我問我媽媽要去海邊吹風嗎？吹電風扇的風就可以了。她的眼睛不會眨，所以會很乾燥。正常的光她都不想要了。

在我媽媽的房間，我們在等船。在明亮青草地上，那個荒廢的乳房。稀疏的骨頭。你不要吵到它。只有那一班船，正在遠遠的望著我們。我媽媽拿著竹帚在掃地。狗吸飽了花蜜。全身暖呼呼的。和大紅花一起開了花。那些小田野。被泥土接管了。

床變平坦了。一字一字放上去。放在生病的垢上。乾硬的垢。刷得我手疼了。

我媽媽的兩隻眼睛。迎著漆黑走出去了。走去外公家的咖啡店。

病中黃色泥水的深坑。桃紅色的口腔。已經遍體鱗傷了。

月亮渾身都是濕的。我的雙手雙腳完全的盛開。接住了黃色的泥水。

我身上的空房子燈火通明。暴雨澆熄了燈火。

我對生命有問題的時候，只能去找太陽。我已經不想去拜拜了。我什麼都不信了。去海邊找太陽。請太陽曬走那些問題。請沙子吸走那些問題。我開很遠的車去海邊。去變透明。去石頭海岸變成石頭。去靠近烏鴉。靠近太陽。去相信我是一個作家。一個藝術家。是一個可以曬太陽的人。是一個聰明的人。去那裡和太陽聊天。當海南號進入頭條港，陽光穿破屋頂。一個個魂就這樣順風離開了。十間街，那十間最早的房子，都要保留一間空房給冤魂住。深沼澤的泥土散發出河海的氣味，飄過了榴槤山。

我慢慢習慣這裡晚起的日出，晚走的日落。白天長過夜晚，時間因此多了。多了兩個小時。我有閒空去沙灘上看螞蟻，看雲一朵一朵很清楚，看大顆大顆的陽光在沙灘上東奔西跑。在這些空白的時間。我需要那些野生自生自滅的東西。用一半不到的天空。一半不到的雙手雙腳。去出海。去過河。已經過河了。已經破損了。一排又一排的破損。已經失去了屋頂。已經歪斜。長長的斜三角形。我的手摸了摸陰天。遠方的油棕樹。又洗掉了。

我透過陽光摸到了我媽媽。已經消瘦的全部時間。拉長又消瘦的時間。和影子一樣。很少的時候，我感受到我身上這支筆的力量。我媽媽的眼神也消瘦了。坐在陰天的屋頂上。風掃過我媽媽的白髮。轉頭看我。這時間夠長的病。變淡的兩顆眼珠。在菜園裡。在眼窩裡。站在那裡的媽媽。種在那裡的媽媽。浮在那裡的媽媽。

因為快下雨了。因為夜晚的那些雨。我直接游過去。那些令人孤單的過程。進到我溫熱的裙子裡。進到我身體的斜坡裡。我一次又一次經過這些令人孤單的風景。每一個孤單都睡著了。那些已經不是我的孤單了。每一個孤單只是經過我身邊去上廁所。那些孤單一個個落了地。準備發芽。沒那麼孤單了。

病是一陣一陣的。我們重新學習它。那些軟綿綿的東西。讓人全身都軟綿綿的。

我們沒有時間恐懼，血就流出來了。

紅色的風一心一意要吹進那裡。吹破她的身體。那張命運被吹得沙沙響。

雨滴滴了三天。時鐘指著九點，穿著 let it be 的少年，美麗的混血少婦。沼澤地上的群鳥已經飛走，樹上留著一個一個空的巢。騎摩托車的男人過來插話，早上七點，晚上六點才會看到鳥。

我去摘神秘果，我媽媽偷偷告訴我的好料。小小的亮紅色，野生的營養，我忍不住摘了很多，幻想吃了可以百毒不侵。我媽媽只會摘一兩顆。它有變味效果，吃了再去咬一顆酸柑，酸汁會變成甜的。因為都是野生的，果實不多。因為紅螞蟻侵佔了這些樹，一不小心滿手都是紅螞蟻，見人就咬。紅螞蟻太多了，以致我作夢都夢見了一桶紅螞蟻。

沒有人的狗老皮不吃飼料，沿路都有人倒飼料給牠。牠下垂的巨大生殖器搖晃搖晃，從來不吠，看到人永遠保持距離，就這樣吧。這大地是這麼的寬容，沒有人會想殺牠。兩隻巨大的烏鴉飛上了廣告牌，看著遠方。太陽還沒出來前白狗吠了幾次。嬰兒準時在半夜一點哭，吵醒我媽媽。

我坐在外面等太陽的熱，已經五天五夜的雨。全部衣服晾在室內，所有可以晾上衣服的地方，椅背、欄杆、枱面全部都是衣服。床墊也吸了風吹進來的濕氣，晚上我睡在海上。蓋了兩層被子。我坐在桑椹樹下等太陽，聞著水溝味。頭上是一串串的綠色桑椹，外表還有未脫胎的白毛。連桑椹都冷了，熟不起來。

桑椹樹枝伸得很長很長，葉子疏疏落落的，一致伸向天際。還有我媽媽叫別人種的小蓮霧樹，還沒長大，枝椏沒伸展開來。每一夜雨後，儲水容器水溢出來滴滴滴嗒嗒嗒，像有錢人花錢去弄的假山假水聲，我們這裡一切都是天然的。半夜狗的嗥叫洪亮，貓吵架刺耳，一切都是天然的。這泥地上的雜草、黑色的枯葉，全部濕濕的在等太陽。香蘭葉一株一株排排坐好，香蕉枯掉的葉子垂下來。香蕉葉下面有地瓜葉、咖哩葉。有什麼風吹草動白狗就吠一下，蒼蠅有一搭沒一搭地干擾我。有泥土的地方不用買植栽，低頭一找就有。城市人買的東西，這裡滿地天然的。

烏鴉偷了一枝樹枝，被我看到了。雨了五天，滿滿的神秘果全數消失。沒有人的雨過遊戲場，地上是濕的。我去蕩鞦韆。太陽在前方等著探出來，整個土地在等太陽驅走全部的濕。整個白色牆面被挖了個洞放一個抽風機。整面牆的下方被濕氣黑了三分之一。遊樂場的草被整齊的割過了，旁邊是大水溝。另一頭是工地，雨後零星的工人也在等太陽。另一頭野地上僅有的幾棵樹已經被藤蔓侵佔。

這裡沒有太陽不行。我們習慣太陽，沒有太陽天空是白色的。白狗生來是白色的，沒有老的跡象，只是容易髒。默默守著這房子的老皮，總是在附近出沒，晚上睡在對面店家的地毯上，睡成像一隻死掉的狗。我不要去驚動牠。白色的風吹了一陣又一陣，白狗就打盹了。狗瞇著眼睛對白色的風吠，吠得見肋骨。牠自以為是守護我們，可全部人討厭牠的叫聲。

外面那幾棵沒人理會的果樹，結出來的果被蟲盡情的吃過了，表面還是深綠色的。過了很久變成深褐色，吊在樹上。又過了很久很久，變成黑色的，深深的黑，吊在樹上。一顆一顆乾掉的深黑色。被太陽盡情的吃過了。

在這裡我沒有辦法在房子裡寫東西，我拿椅子出去坐在外面樹下，才感到自己是活著的。我寫了一小段一小段的文字，感到自己和那些黃色紅色的花一樣活著，在路邊微微晃動。這些綻放的花都是有毒的，沒人敢碰，被雨打了就落下來。這些雜草是我小時候就見過的，我都熟，雜草到哪裡都這幾種。再長一些就會被割草機的刀片砍頭，噴出草汁的氣味。滿地的碎草屑。白色的風注入黃色的花朵裡，整株樹激烈的晃動。風又從花朵竄出，整株樹又安靜了下來，和白狗一樣睡了午覺。

白狗回來了，變得很髒。沒有用的鐵樹長在那裡。烏鴉叼了一塊超市的生肉，三只烏鴉。烏鴉偷了很多東西，在雨中消失了。半夜有一次叫三聲的鳥。路邊積了水，從馬路面漫出來的水。路邊的野花野草旺盛，在雨中欣欣向榮。雨勢一小，烏鴉就出來了，極細小的鳥也出來了，停在濕濕的黃花上。電線上掛了成串的珍珠，更多的鳥出來了。啤啤鳥出來冒雨洗澡，還很瘦的鴿子坐在電線上，俯瞰沒有人的街道。鴿子在電線上走著，牠的伙伴也來了，兩人緊緊靠在一起。老皮從另一頭的店面被趕，跑著到這裡。

什麼東西被海洗過都變黑了。最多的是椰子、海蘋果，全部變成黑色的。葉子被海洗過也變黑了，牢靠堅韌的深黑色。被沖上來的海草，全部糾成一團、兩團，綠色轉成黑色，在石頭海岸上躺著。

陽光把黑色都曬乾了，那些掉進河裡的東西，曬了一遍又一遍，乾了一次又一次，我摸了這些，喉嚨很乾痛，陽光也吸著我的臉，門砰一聲關上了。牆上的家庭照都被曬得褪色了，外公的臉白成一片。我阿嬤的臉，我小姑的臉，啊，都白了。陽光永遠住進了裡面。我阿嬤的遺照鑲在金色相框裡。金色的框沒褪色。照片已經從彩色褪成黑白，褪成淡紫色了。遺照方方正正，一張接一張高掛牆上。老皮越來越瘦，一家一家的門口都被牠躺過了，躺成和地板一樣的顏色。白狗一天比一天髒，腹部都是皮膚病。

這幾天罕見的沒有太陽，風很猛。油棕園像鬼園，一棵棵像披頭散髮的女鬼。溝邊的黃螞蟻已經堆了黃土城堡。園內因為多天的雨有了黃色的溪，淺淺的。這沒人打理的油棕園，雜草叢生。烏鴉在附近住宅的變電箱上。風很猛。那些黃泥土水、黃螞蟻、黃色的風，吹過旁邊沒有人的遊樂園。遊樂園的樹都長高了，摸一摸是少年樹。周圍都是草的水泥羽球場，兩個黃色少年在那裡一來一往。擊中羽球的聲音在兩棵少年樹樹梢上。我媽媽在那裡孤單地揮動手臂，奮力地想抓住吊桿不過失敗了。

油棕樹下飛來幾隻純黑色蝴蝶，樹下有一圈黃一圈紅的鮮艷毛毛蟲。那園地之間澆灌用的溪水，泥黃色的溝。風很猛。野草幾乎要把溝掩蓋了。我熟這樣的溝，熟那些塑膠汽油桶，拿來舀水，拿來澆菜。我媽媽帶我舀過這種水，叫我小心那種黃蟻巢。現在都縮進我媽媽痿縮的雙腿了。白色的風黃色的風都吹進她的身體，走路很不穩。黃色的夜晚油棕樹睡著了，只有剛發出來的葉子醒著。這裡的星星很多，黑色的蝴蝶在夜色裡躲進油棕堅硬的樹皮，薄薄的靠在那裡睡著了。

我常去看被火燒掉的廟、我們要賣掉的房子、看那些新建的房子、看砍掉的油棕園、看老油棕園、看河岸上漂來什麼、看水中央卡住了什麼。河面上動不動就積了一座島，像家裡動不動就積了一堆垃圾。海草、斷樹、垃圾積成的島。久了又長出一些植物。遠遠的一座兩座三座。藍色的金山在那裡。一整排高度一致的紅樹林。我坐在海蘋果樹下，滿地白色的花很快就爛掉了。天越來越藍了，好像在這裡大家都是自由的。在陽光裡可以繼續作荒廢已久的白日夢。穿著黃色盔甲的蜜峰搶著蜜。我寫在這些東西上，日落就消失了。寫在這些影子上，一下子就位移了。跳開的風景、跳開的運氣。這些就是日常。就是我們落後的泥巴命。

一直到下午三點多，太陽才出來了，禮拜天的下午人們都去大包小包買東西。雨後滿地的蚊子，我和外勞一樣騎上腳踏車，在還沒有人入住的住宅區遊蕩。這是我媽媽帶我走過的路我不怕。在沼澤地釣魚的馬來少年，前面放塑膠泳池的廉價屋。這些自生自滅的東西。廉價的東西。我熟這些東西。

陽光進了每個人的眼睛。從眼睛進入我們的五臟六腑、雙手雙腳。有陽光的眼睛和白狗一樣明亮。我一下子就汗流浹背了。小路兩旁。被車速掀開的風景，母親的臉長在路兩旁。我一喝下那種黑色汁液就看到了我媽媽的臉。豐滿的陽光，打在每一個段落上。

陽光佔了全部舞台。指示了全部表演。指示了全部的樹。全部的我。一千萬片的陽光在我身上。我的雙手雙腳塞滿了陽光。我感到自己是中空的。透明得在陽光下開了花。我開了花。我的雙手雙腳終於熱了。從那個台北的冬天解凍了。瘦小的蜘蛛螞蟻爬在我身上。我全身白成一朵花。吸著土的雨水。說不出話。海岸變得更長。陽光也變得更長。我的雙手雙腳也變長了。好像換個海岸就可以活下去。不管我成為什麼，我是給這裡的太陽曬成的。那裡的冬天冷成的。我的職業是陽光捕手。把陽光吸進小鼻子小眼睛小嘴巴。吸進每一個花瓣每一個枝孔。我什麼都沒被分到。被陽光分裂了。被陽光接住了。陽光活了我。茉莉花開了。

陽光坐滿了車來車往的街道。原來嶄新的店家很快就被用舊了。招牌首先被陽光用舊。國旗州旗也被用舊。馬路也被用舊。停車格線也是。車子的顏色車牌也是。開始出現髒亂。我想像自己住在某個二樓或三樓空間裏。每天從那裡俯看這個小街道。這個時候我想去買一本可蘭經。

我在馬來人的茶店，只有我一個華人。我面向馬路。半聽著身後的聊天。頭頂上的喇叭放著陌生的馬來歌。在喊著那種。我聽不清歌詞。也半懂他們的聊天。一切成了背景音樂。加上車子的聲音。堅硬的全部在我身前身後。我用我柔軟的手寫字。和他們安靜地用手吃飯一樣。茶很甜。桌子也有點黏。喝見底後浮著一隻瘦弱的蚊子。

媽媽，燕子變瘦了。

那些老東西。蚊蟲樹精。住在大橋下。

一身寒氣。

人類啊，飛過了就要下來，來擦屎。

家裡的那些房間。蜘蛛網。沒有人整理的儲藏室。爬進室內的藤蔓。尿的黃色細流。船進入紅樹林。把我的骨灰撒在那裡，在紅樹林當肥料，我媽媽說。

鳥一大早就開始叫了。陽光還沒來。車子一輛輛駛過。風按了喇叭。我聽見了。

兩片地圖慢慢地飛，兩隻耳朵慢慢地叛變了。兩片地圖變成了玫瑰，兩片玫瑰慢慢變薄了。我的心思都在那些黑色屋頂、黑色牆壁上、黑色蝴蝶上。那些穿上禮服的啤啤鳥，顏色和馬路一樣。老白狗越來越髒了。兩片地圖飛到白狗身上，也變髒了。

兩片地圖變色了。兩片玫瑰落在兩片地圖上。我背下來的地圖。背下來的安靜。

兩片風被黑色屋頂接住了。風太猛了，白狗拉住了我。一二三耳朵裡的海安靜了。

19 太陽不會追月亮

鐵靜靜地生鏽
木薯靜靜地長*

當星星很明顯地接近月亮，我夢見一個畫出來的房間。麥木娜身上打著好運結，坐在那裡。一隻鳥誤飛進來，慌亂地撲上撲下。一定要讓牠出去，不能殺牠，麥木娜說話了。她的眼睛裡有粉紅色的嘴巴。

麥木娜自己一人從印尼很遠的小島來，交通很不方便的島，很難回去的。她在一個華人老闆家幫傭。有一天她和老闆說，她想打電話回家，因為早上在房子外看到一灘血水。不知道是什麼生物的血，她老闆用手指沾了一滴血。問家裡每個人，這是你的血嗎？這是你的血嗎？家裡沒人受傷、也沒聽到或看到附近有野貓受傷或打架的跡象。

如果在我們那邊看到這種東西，通常是有災難的。

電話一直到晚上才打通，那一頭說，她媽媽騎摩托車車禍死了，沒戴安全帽。老闆體諒她，沒有催她工作。

隔天早上，他們看到麥木娜頭上綁了一塊白布，身上只穿內衣內褲，從她的工人房走出來，拿一件長袖外套給瓦斯桶穿上。她的眼神變成另一個人，滿地的衣服，絕食。把自己關在房間裡。

啤啤鳥去了油棕園。那種發出假笑聲的鳥奮力地叫著。什麼螢火蟲，麥木娜！麥木娜！已經發生不幸了。她媽媽那麼老遠來和她告別，身上還流著血。

麥木娜就這樣瘋掉了，沒有人知道要怎麼救她。她老闆看她這樣子心裡也很害怕，把她趕出去了。

麥木娜就是這裡最早的流浪人，或是瘋子。很多人都見過她，後來被抓去淡杯，在精神病院裡，沒多久逃了出來。有一天，人們就發現她死在街上。她的魂沒有走，一直是一個傳說。

•

誒哇布蘭，誒哇布列。她有兩雙眼睛，一雙在白天，一雙在晚上。有時候她的上半身變成鱷魚，在河裡漂浮。誒哇布蘭，誒哇布列。血，在她的嘴巴裡，變成了一顆芒果，掛在那裡。誒哇布蘭，誒哇布列。有時候，她變成了一棵芒果樹，面海，才看得到她母親埋葬的土地。

路直直到水毛花沼澤。這種鳥叫九點半，晚上九點半開始叫，在夜裡一聲一聲地叫。長長的、深深的、一聲一聲的叫，餓了——餓了——餓了——那些人有另一個家鄉，有另一張正常的臉。是風在抽臉。在破。在掃地的聲音。給全部人染成一樣的黑色。丟了一地的髒東西。年老的、年輕的。都被困住了。漆黑的全部困住了。

麥木娜的眉毛上有彎月。

唇有一線螞蟻。

牙齒有一群大象。
舌頭有一個海浪。
聲音是一陣雨聲。
她經過了月亮，被吸進月亮了。

我繼續寫。你繼續演。
去把戲演出來。去讓她活下來。
燕子醫生，我還想多寫點詩。
長長的風。長長的喊叫。
破東破西。這裡多的是。
那個被母狗霸佔的碼頭，有一塊掉在地上的大伯公招牌，連大伯公都被拆掉了。

太陽不會追月亮。夜晚不會超前白天。它們每一個都是各自漂浮的。
那種風還很小的時候，就進入我耳朵眼睛了，也進入那破廟裡。那樣的風早就進入我腦袋裡，我才成了一個無用的寫作少年，才看見了四個太陽，五個月亮的光。因為我不想和雨做對。因為我用月亮做的眼睛在亂畫。到了午後，那被噴了農藥的野草正在大片地枯死。我和它們連成一體正要枯死。

一整排螞蟻都在那裡。貓身上有太陽的味道。大便就大出了太陽。從貓身上我摸到熱了。牠們是我的表姊表弟。熱是我的外公外婆。我的阿公阿嬤。貓的熱滲進我雙手我身體。滲進每天削掉的菜皮果皮。我剩下的前程一定遠大。普通的剩下。普通的遠大。遠大的轉動。轉動在沒有冷氣的巴士上。剪票員一個一個收票。找錢。這些都消失了。沒有冷氣的巴士消失了。壞在路邊。全部的少年房子都壞了。長出一堆野草。

我大舅死後留了幾塊園地，我表弟不務正業，把榴連園砍掉種油棕，後來油棕跌價，他準備把園賣掉，種咖啡也所剩無幾。我表弟的老婆不去上班，她媽媽說上班的話錢要分她一半，所以他們兩個坐在家裡，誰都不想去上班。靠我大舅留下來的園，也許可以過很多年。我看到我大舅被賣掉的三個果園。聞到我大舅從園裡提回榴槤的味道。

我們都和阿嬌姨一樣，不想存錢，不想上班。我也不想上班，我表妹也不上班，我們是家族這代的廢物，光明正大的廢物。只求一條小溝，流到我身體解渴。我要吸椰子的奶水。我要瘦成和椰樹一樣。在風中像掃把一樣。沒人管到我。

阿嬌姨也會看到臉。有時是一張白色的，什麼都沒有的臉，逼近她眼前。有時候是一張像水母的透明臉在天花板。有時有手會抓住她的腳，抓住她的脖子，摸她的頭皮。有時會聽到聲音，抓門的聲音，她去把門打開。聲音一下在廚房，一下在廁所。還有一雙黑色的腳，跳到她門口又跳走了。在那裡，她看到一個老的她自己。有一個力量把她帶出來讓她看到的。

那張臉自己游上來的。因為月亮舔了你有病的紅唇。舔了你的靈魂。因為月亮和蜘蛛講話了。

不要害怕。不要害怕那些稀薄的聲音。那些細硬的聲音。

你要和牠說：我是老虎，你是狗，現在在我肚子裡了。

是不是翅膀縮小了。給我讀出來，你那骯髒的嘴巴。

那些東西橫跨三代，每一代都有人會看到。麥木娜沒有走。她的臉變來變去。

阿嬌姨跌進大水溝了，自己爬起來，往油粽園去。

但是那個人臉的形狀熨在那裡，她聞到了。

但是那些壞聲音變得很重，壓在她的手腳上，讓她動彈不得。

這是以前阿英的娘家。這是阿英的婆家。這是阿英出事的家。她住過三間家。現在這三間家都消失了。沒有了。這是阿英的大兒子。這是她的女兒。這是她的小兒子。她本來會生八個。現在死了一個，還有兩個。你看，她女兒很美吧？她現在已經結婚了。有小孩了。她的兒子看起來很聰明吧，你看，他現在這麼大了。

你看，那裡以前是外婆的家。外婆家是咖啡店。要多少汽水有多少汽水。要多少糖有多少糖。那裡以前有間很大的廟。現在看不出來了吧。被火燒的。那時你很小。不記得了。這裡本來有一片椰樹林。都被砍掉了。這裡本來有一條叫蝦溝的小河。現在乾掉了。還是被填掉了。以前蝦子很多，後來只有舌頭魚。舌頭魚是貓變的，牠的骨頭就像貓毛一樣多，一樣細。所以不會抓那種魚，沒法吃。外婆家的小黑，就是從這裡撿回去的。只有這間漁夫廟沒有變。你外婆很喜歡來這裡拜拜。你外婆姨婆她們都不吃魚的。因為，魚是紅樹林的葉子變的。

阿英變成神了。我們來拜拜她。跟她說我們都知道她的故事。她真是不該那麼早死的。她家人那麼愛她。你看，阿英旁邊有一個小孩子。這樣她永遠不會孤單。永遠有人陪她。你看那邊還有一個男人。那是她的愛人了。他們都在一起了。永遠永遠都不會再分開。

太陽不會分開。月亮也不會分開。沒有任何力量可以把他們分開。太陽沒有仇恨。神造出來的東西都是一對一對的，沒有人落單。

穿過河水可以把水吸乾。
穿過土地可以挖一個洞。
穿過山可以讓山垮掉。
穿過天空可以讓它掉下來。

那是麥木娜的恨。是阿英的恨。是永坤爸爸的恨。阿嬌姨沒有恨。我媽媽也沒有。

蜜蜂沒聲音了。裙子內褲沒聲音了。月亮沒聲音了。

蜜蜂月亮裙子內褲都掉進水裡了。

他們聽神的話，變成漆黑一片。漆黑的心臟在有力地跳著。

黑掉的泥土。黑掉的靈魂。黑掉的時間。爬進山的重量。燒進火的重量。混在童年裡。混在那黑色裡。黑色安靜地飛去海上了。

黃色的日落長大了。海的垃圾、樹葉，歸隊了。

中間打著好運結的船，出海了。

燕子去參加了麥木娜的葬禮。風去了那白色絲綢的葬禮，把一切都排得整整齊齊。不管是有沒有人的葬禮，都沒有關係。反正神決定把人溺死，降一大堆的雨水。被怪雨淋到的人就腫脹了，開始生病。

南海飛來的燕子變多了。雨變多了。山也變多了。

那些泥土在不同的房間，被我的髒血浸泡過了。那些句子急速滑落。那張臉出現了三次。露出生鏽的翅膀。少年房子壞在路邊了。

那四種風把人們吹啞了，只剩下骨頭。那是大風吹過，大火燒過的土地。鳥的形狀還在它身上，風的形狀也還在那裡。被吹醒後，太陽會平靜它們。平靜泥土。太陽在泥土上長大，和我媽媽他們一樣。他們在泥土上長大，故鄉是泥土。我後代的故鄉是沙發，沒有泥土了。

啤啤鳥，下大雨了。和雨在一起我就放心了，和太陽在一起我就放心了，看到這些貓的形狀我就放心了。這些我媽媽幫我訂的，屋頂上漂浮的太陽。那些再也沒有回來的燕子。已經空掉的習以為常。在屋外的環形衣架上。輕輕地被一個一個夾好。等風把它們吹乾。收進來折好放進籃子裡。

跟阿嬌姨一樣，有病的人才去淌這種沒有人要的渾水，才去寫這種沒人要看的東西。我的手，像啤啤鳥尾巴，長成一葉刀片。像稻草那樣越抽越長，越長越細，在風中搖搖晃晃。我慢慢扶不住阿嬌姨了。

我現在沒有桌子，手都是小白的狗臭味。啤啤鳥來了，大眼鳥也來了，我看到自己老後的臉。風吹外面竹子林，發出還沒到、還沒到、還沒到的聲音。那麼多老的臉，我都看到了，每一張都有我自己。

我已經把全部偷偷寫進去。這篇文章太長了。

這偷來的感覺令我渴望寫作，我摸到了，我的手有創作的渴望。那種廉價的餓、廉價的泥巴讓我胸無大志只想寫作。我看到那些我亂畫的東西亂寫的東西才感到力量。我不知道我在哪一個太陽哪一個接水的壞電鍋裡。我看到破爛看到動物就滿心振奮，因為只有它們帶著媽媽的眼光媽媽的溫暖。

太陽把我放出來，讓我當一棵樹，讓我當作家。我的小鼻子小眼珠聞到太陽的經血了。我就成了青春少年骨。少年的耳朵眼睛閃閃發亮。張著和麥木娜一樣粉紅色的嘴巴。去了沒有人的髒臭下水道。

我把夏天當春天用了，春天往前吹著，我拿了很多。擦擦手。洗洗臉。

把窗簾拉得更大。

我現在也要結果了。

土地鬼，賜果實給我吧。

蘇丹騎著大象來了，那賣菜的老人。全部我都喜歡。

蘇丹的隨眾備了馬、象，選好一塊地。

是遊樂園。

我媽媽不出聲了。不眨眼了。十二月一月二月，我把她畫下來。現在兩隻狗都死了。狗鏈空著。鏈了我。我夢見我幫狗洗澡了。牠在說夢話，說，我要飛我要飛。牠意外的乖，躺在地上讓我沖洗。水一遍一遍地流過。然後牠安心地睡著了。連貓走過去好奇地看牠牠也沒有醒來。看著牠放心睡著的樣子。我突然眼眶熱了。一下明白了越是心地單純的生命，你越不能傷害牠。牠老要往我懷裡鑽。渾身臭味，下腹部都是濕疹。

阿嬌姨你要等我，我會趕上那密集的箭雨的，滴成密集的洞。在阿嬌姨那裡刺出一個個洞，也在我媽媽那裡刺出一個個洞。
那些花更豐滿了。野生的會更加豐滿。我媽媽在那裡。
在我媽媽荒廢的乳房裡。我就留在那裡。

長翅膀的，沒長翅膀的。你有一雙溫柔的手。年尾的黃昏。斜斜的。像超市的肉。全部都順理成章的髒。偷偷地留在這個世界上。偷住在這裡。偷吸一塊一塊的太陽。吸成我自己。吸成乾淨如新。

我們是一個小地方的人。永遠只是小地方。
我們安靜靜靜地坐著。靜靜地運作。有力地運作。
這條安靜一直在加深。我在繼承這條安靜。繼承我媽媽的一隻眼睛，阿嬌姨的一隻眼睛。
我原本就應該要回去的。我肚子裡骨頭裡那些被燒過的泥土。長出了一大堆雜草。

殘留的雨下來，清清楚楚的一滴一滴。我身上的雜草好好地吸收了它們。

啤啤鳥，過來。過來我這邊坐。

和我一起睡，用同一塊枕頭。

他們還沒到。

還沒到。

我跑在下山路。是紅色的風。不要記住時間。漫不經心它。

收尾的時候，那幾行鳥叫聲，開始猛烈的叫。

我的手成熟了，被太陽照熟的。

我熟了。掉了。被螞蟻搬走了。

＊馬來諺語，Diam besi berkarat, diam ubi lagi kental.

20 年邁的空曠

去找一找廟狗
我們出海去玩

到這裡來，風，我要去接阿嬌姨了。

在離開故鄉的二十年裡，風已經吹倒我的根。根殘了，爛了。之後就什麼也沒有。揉掉了，習慣了。黏在靈魂上，薄薄的一片。枯黃色的黃在那片被打過藥水的草上，藍在天空的鳥已經看不到了。

月亮直直照沼澤。小小山鴉吃稻穀。沒有橡膠園了，沒有橡膠煙房了。沒有這種載膠球的卡車了。我最後一次看到它，卡車載了我爸爸的退休家當從工廠回來。我們沒有人回去過工廠。工廠變了，全部工人、職員、廠房都消失了。我載上我媽媽，那些燕子飛過的路線來回成了一條山脈，我永遠飛不過去。

當然，消失的東西很多，遠不止那些，一點味道也沒留下。小鎮的泳池消失了，圖書館也消失了。在地圖裡，在那條小河裡，我摸到了我媽媽的顫抖。那條紅礫土的路，坑坑洞洞的水坑。整張地圖都消失了，整座家都被鏟平了。我媽媽的雙腳在自然的收縮，我摸到了髒抹布。

當人像山鳥那樣掠過，像山花那樣凋謝。雨後，還是濕的。

我再也不討厭消失。那抗拒的衰老終要盛開。

當然，也有一些新的東西的。久了你就習慣了。新的東西久了也要消失的。

我回來了，阿嬌姨。

她會聽見的，她沒有走遠。

我在漁夫廟裡，輕輕地和她說話。

阿嬌姨穩穩地坐在她阿爸背上。穿的是新衣服。

她知道她的阿爸在哪裡。她聽見天上的人講話。她身上全部的垃圾全部的行李箱，一點都不重。都在我這裡了。媽媽你不用再擔心阿嬌姨。我幫她搬好家了。

•

在這篇小說開始前，阿嬌姨就去大水溝坐船了。

在我媽媽的房間，有玫瑰也有魔鬼。長年的積水，她睡在一艘船上。她阿爸的船。

羊的花、海的蘋果，我媽媽在吃這個，我爸爸也在吃這個。

太陽圓圓的落山，每天都很完美。我媽媽半閉著眼睛，太陽也半閉著眼睛。我反反覆覆睡了又醒，好像沒事幹一樣。外面全部東西都在一絲不掛地生長著。我腦漿一團的模糊，和黃色的日落一樣。和雞屎花一樣。

滿地黃色的雞屎花。味道臭。人在世界上，混吧。

燕子醫生去叫風母親，去和風住在一起了。

去找一找廟狗，我們出海去玩。

我去寫。永遠寫不夠。寫不完。

燕子去大楊桃樹上了。收音機發瘋了。

那傷口開始癢了。非常親近、非常親近的癢。

火燒喉嚨的癢。我媽媽拼命地抓。

火燒了時間。燒了一間又一間的房間。

大葉菠蘿蜜在山上。一陣陣的風。摩擦了全部東西。弄亂了全部東西。我認得這種風。聞過這種風。樹枝很多。成千上萬的斷了。成千上萬的死去。我獲得了這些廢物。

外面都髒掉了。請進來吧。

這是我昨天晚上寫的。

我穿的是合適的破爛。這破爛得體、完整。我需要的此生的泥土都有了。以前就有了。我不可能對世界百依百順。火燒的土鐵硬的你不滿足的世界。

那種火燒的出汗。泥土的熱。髒溝水。我媽媽帶我去種菜。摸過那些。

我媽媽帶我去種菜的路上被狗咬了。我跟在後面。全部的傷她幫我受過了。

在黃昏的菜園裡，全部東西變得鬆鬆散散的。變暗的全部。最後要順其自然的。

啤啤鳥和燕子都去了很遠的地方。聞起來和下雨的味道一樣。

我有四顆子彈。是啤啤鳥給我的。

剩下的陽光很多，在外面草地上。祖先已經把我們帶到一塊新的陸地，沒有人會突然被帶走，沒有小孩會死掉。

九死一生的。我阿公他們。

很多人咳嗽。五點的船。很多個太陽的斜形，在船艙裡。

手都磨破了。

燕子醫生，那些事把我全身洗得很乾淨了。不管誰先死，先好好寫。

剛來了一條船。船身洗得很乾淨。

我游過了這幾萬字的河，過了照片裡斷斷續續的光。我找到文字的落腳之處，找我自己的安身之處。我在自己的自傳裡，重新讓他們活回來，我是一張桌子，有四隻腳，不會倒。風壓在紗門孔洞，壓在我媽媽的照片上。

成群的螞蟻在我身上。照片裡的野草不停地生長。新娘花束都枯萎了。

我的手摸在那隻貓的身上就倒出了這些，就生出我新的手、新的臉、一塊花布。我的手摸在我媽媽的照片上，就沒有別的衣服了。

回程有一些雨。不用撐傘。

我最後找到一片年邁的空曠，把我媽媽的照片移植到那裡。整整齊齊地放著，我媽媽就定居在那裡。

在這些我偷來的破爛上
在這些無法順利生長的東西上
我媽媽帶我去種菜
在那個泥土房間裡

我媽媽帶我去燒它
準備燒它
一點都不整齊

那些東西在那裡盛開旺開
盛開了像樹一樣繁殖
盛開了重新年輕
我一點一點的去燒它
去聞那些燒焦的味道

一點都不乾淨
燒到我們都出汗了

月亮已經剪掉那些人的壞舌頭
太陽已經砍掉那些人的壞頭腦
海水已經沖走那些人的壞身體

我媽媽帶我去燒它
我媽媽帶我去種菜
在那個泥土房間裡

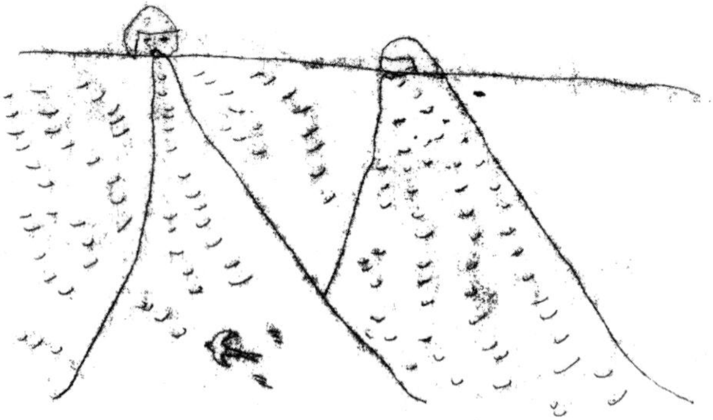

21 尾聲

很多很多年後，當鄉愁終於可以正正當當的怒放，我手上剩下一撮難看的花芯。我自己沒有故鄉，沒有這樣一個會特別想回去的地方，事實上我的童年並不在那個海邊。我挪用的是我媽媽他們的故鄉，這也沒什稀奇的，我這一代人很多離開了就沒有回來過。

我常覺得教會我寫作的是阿嬌姨。沒有人清楚她真正的學歷。她的存在她的事跡讓我想寫作。可她從來不知道我在寫作，不知道是她激發了我的寫作病。還有早已遠走他鄉的表哥表嫂，他們把那些故事行李打包好，喜好一次又一次講述那些邪門的事。教會我寫作的永遠是這些活生生的人，他們對寫作往往一無所知。

無論如何故鄉就這樣浩浩蕩蕩的消失了，七拐八拐的消失了，順理成章地無用起來。但是這些東西已經在我體內生根發芽，只有我對這些人有興趣，對這些事有興趣。這些模糊的光影，一點一點正在成形，成群的飛舞著。而故鄉正在熄滅，火苗已不可見。我一個人走進又走出故鄉，直到我死去那一天。故鄉無用，可是無用已然成形。

後記

夢是醒來就會忘記的

我有三個故鄉。我真正的故鄉在拉美士。從我九歲搬家後再也沒回去過。在夢中我回去過一次。

我媽媽用一台像是腳踏車、又像越野車的載我，完全感受不到她很吃力行進，是很快速的，我坐在很高很高的位置，一覽腳下的風景，那時覺得媽你好厲害開車技術這麼好，接著她順順地穿過一個火車道，我叫了出來！媽你帶我去拉美士！心想奇怪拉美士有這麼近嗎？天吶那是我闊別三十年以上的故鄉，車子是飛速輕盈的前進的，我看到地面上是淺淺的清澈的水，有好多一間一間像皇宮的房子，新的，什麼時候蓋了這樣的房子。我要下來！我媽媽必需用她全身的力氣把那台車子撐住、固定住，我小心的四肢並用爬了下來……

大概到這裡就醒了……因為這個夢過於奇特以致我醒來馬上回想一次並講述這個夢，兒子問，為什麼你都會作夢？怎樣才會作夢？

他接著說，我覺得你作的不是夢，夢是醒來就會忘記的。

‧

我是一個很晚才開始寫作的人。比同輩晚了十年。但寫作後，我不會再羨慕任何人、任何職業。雖然我知道這種生活強烈的不穩定，但一直被我　諸腦後。就算想了又能怎樣呢。回想我的人生，在社會主觀價值下，可能沒有一件事做對，沒有一件事做好。

很久以前不知從哪裡聽過，「媽媽」或是「家族」這個主題是一個作家一生必寫的。就算沒聽過這句話，我也會寫。很早的時候，我就寫了「我媽媽」，隱藏在《沒有大路》，或是其它散落其它文集的的散文裡。她和我的台灣貓一樣，是我此生寫不完的題目。「媽媽」就是一個人一生也寫不完的題材。

我以為就這樣夠了。我甚至以為，作家是找不到題材，才去寫「回憶」。我以為我的題材已經夠寫了，不必去回溯那些。要不是得了這個獎，必需寫出來、寫完。我是沒有足夠的動力去寫的。或者是，我不想和別的作家一樣，去寫自己的故鄉，或是一些有故鄉特色的東西。

如果沒有這個獎的動力，書中的內容遲早應該也會寫出來的，只是不會是這樣的規模。那篇試寫的稿子我早就寫了，原本就叫《故鄉無用》，我投過國藝會的創作補助完全沒有被青睞。我當時的想法也是如果有補助，才繼續寫下去。於是就這樣放著，等到不知道哪一天哪篇貼文有位教授在底下留言，說可以去投十二月截止的台北文學獎，沒有國籍限制。我當時做的，就是把這份稿拿出來換了個口吻寫，可能是真的奏效了，好運氣的得到肯定。如果沒有這種種偶然，就不會有這個樣貌的書。

•

《故鄉無用》是我寫作十年，第一次覺得自己是作家的書。說來也不怕丟臉，它是我第一本只寫了十分之一就有出版社要的書，也是第一次出版社主動找我的書，雖然我得過不少補助案，也都是有案在身所以去完成的方式，幾乎是繪本居多、或是那本收容所書，這是生平第一次體會了「有人付了足夠多的錢讓你放心寫」的「作家」感受。

寫作「故鄉」時期，是我此生最美好的生活。第一次感覺自己真的享受了「作家」這件事。可以完全不用有罪惡感去寫這種對社會沒有用的東西。這樣光明正大的過這種每天寫作的生活。那陣子我史無前例的胖了兩公斤，到現在沒有瘦回來。書出版後我打算真的要回復身形。那美好的生活並沒有持續到半年或一年，因為我很快就寫完了（當然後來也花時間做了些調整），但是那種持續固定寫作的節奏，要沒有獎助的前提，要在生活中自己自發實踐是很困難的，並不是自我紀律的問題，而是價值觀的動搖。

「故鄉」的所有內容，本來就在我記憶裡了。自從寫作後，我偷了很多親戚的故事。其中一個故事，我聽當事者講過三次。每一次可以聽到新的細節。其中阿嬌姨和四姨是最多故事的。那些吸引我的故事。這幾年，我就已經偷偷累積了這些故事。也偷了很多親朋好友的句子。在台灣久了，回去聽他們的用字特別敏感，會暗自偷記下來。比如，我三姨說，誰誰「血很薄」；阿嬌姨叫我媽媽「用兩個拐杖走路」；椰子園主人指他的狗說「如果你晚上來牠會把你殺掉」。我喜歡聽他們的用字。他們不知道我會偷拿來用。

在我十四歲之前住過三個家。一個是我爸爸的工廠宿舍；一個是我阿公阿嬤的大房子；一個是我媽媽的在漁村的房子。這三個場景都給我不同的養份，一個是九年沒有一本課外書的空白、一個是大量的閱讀、一個是少年的遛達。當然，我最喜歡的是那個漁村。它才佔了本書大部份場景。我效法前輩作家的方式，用一本專屬筆記本來記下所有和此書可能有關的一切。封面寫了「故鄉無用」的筆記本有好幾本，但很小，手掌大，頁數也不多。寫過的就槓掉。寫作的時候我已偶然的積累了馬來民間詩歌、民間鬼怪的資料庫，加上更多我對馬來咒語的興趣，主要是因為很像詩，我也改寫了一些，穿插其中。

寫作期間最常出現在我桌子上的是《燃燒的平原》，它對很多作家的啟發我知道。但我並沒有寫出那種鬼魂和人自然交錯的空間，但那也是別人的東西。我後來找到了《小鎮畸人》，沒有細看，但對那種全書沒有共同主角、甚至可獨立閱讀的作法留上了心。寫這樣的長篇，必需面對的是「它是不是小說」這個問題。我本不是寫小說的，但我喜歡在文中寫「我在寫小說」類似的句子。

很多年前，我把「小說」視為一個形容詞。就是一種很厚、很複雜的東西。我第一本詩集有這樣的首詩：

那時我想要寫一本小說，那本小說叫病房。病房裡是我剛滿四歲不久的兒子。我寫不出來因為我動輒就淚眼。在騎車往返醫院時，淚就流在風裡，回到家淚就擦在貓毛裡，牠們不會介意。醫院裡面的噪音刺眼，醫院裡的光亮讓人無話可說，醫院裡的小說無話可說。冷氣房裡篩進來的陽光很快就用完了。我和年幼的你被放逐在醫院。這個世界不再奔向父親，不再回頭，野貓野狗會載我們回家。（《這個世界不再奔向父親》）

我只是把兒子住院的經驗形容為「小說」，沒有真的要寫一本叫病房的小說。這樣的想法來自「藝術」這個詞。藝術二字也可變成形容詞。

藝術是什麼？沒有人敢回答；小說是什麼？詩是什麼？創作者在作品中一次又一次去回答。

自從寫作較穩定後，我作過很多很多的好夢。多到我不需要去算命了，我感到那些夢是來指示我的。叫我繼續寫下去。

我甚至不需要查周公解夢就知道那是好夢，那種好夢的感覺真的讓人神清氣爽。好像我要做的只是去睡覺，作好夢，醒來就可以繼續寫。

當然夢的詳情我很多也記不齊，但那種清徹的水、雨、大樹的感覺是很明亮美好的。

我也常做發財的夢。夢到不管什麼我都去查一下，都說是，會發財。但我從來沒發財過。

只有一次去買了彩券。我很不信彩券。在台灣只買過一次。

我媽媽動不動就有買數字的靈感，兒女們的車牌、身分證號碼、門牌……各種數字的排列組合，她買得很上手，我不屑一顧。

所以我沒買。我就繼續睡覺，繼續作夢。

我在台北的房子才會做這種夢。和阿美臉貼背睡著時。此生無憾。就算成為廢物一事無成也就算了。寫作的時候，作的夢是最美的。沒騙人。

文學森林 LF0187

故鄉無用（首刷限量馬尼尼為手繪印簽版）

作者
馬尼尼為

馬來西亞華人，苟生臺北逾二十年。美術系所出身卻反感美術系，三十歲後重拾創作。作品包括散文、詩、繪本，著有：《今生好好愛動物》、《多年後我憶起台北》、《帶著你的雜質發亮》、《我不是生來當母親的》、《以前巴冷刀・現在廢鐵爛》、《馬惹尼》、《我的美術系少年》、《馬來鬼圖鑑》等十餘冊。

二〇二〇年獲OPENBOOK好書獎「年度中文創作」；桃園市立美術館展出和駐館藝術家；二〇二一年獲選香港浸會大學華語駐校作家、國家文化藝術基金會〈臺灣書寫專案〉圖文創作類得主、鍾肇政文學獎散文正獎、打狗鳳邑文學獎散文優選、金鼎獎文學圖書獎；二〇二二年繪本《姐姐的空房子》獲選THE BRAW（波隆那拉加茲獎）100 Amazing Books、台北文學獎年金類入圍；二〇二三年《癌症狗》獲全球華文文學星雲獎報導文學獎、《如果你問我收容所做志工遇到過的死》獲鍾肇政文學獎報導文學獎。

曾任臺北詩歌節主視覺設計，作品三度入選臺灣年度詩選、散文選，獲國藝會文學與視覺藝術補助數次，現於博客來OKAPI、小典藏撰寫讀書筆記和繪本專欄。同事有貓兩隻：阿美、來福，每天最愛和阿美鬼混；也是動物收容所小小志工。

Fb/ IG / website : maniniwei

全書繪圖 馬尼尼為
封面設計 吳佳璘
版權負責 李家騏
行銷企劃 黃蕾玲、陳彥廷
主　編 詹修蘋
副總編輯 梁心愉

初版一刷 二〇二四年四月二十九日
定價 新台幣三六〇元

ThinKingDom 新經典文化
發行人 葉美瑤
出版 新經典圖文傳播有限公司
地址 10045臺北市中正區重慶南路一段五七號十一樓之四
電話 886-2-2331-1830 傳真 886-2-2331-1831
讀者服務信箱 thinkingdomtw@gmail.com
Facebook粉絲專頁 新經典文化 ThinKingDom

總經銷 高寶書版集團
地址 11493臺北市內湖區洲子街八八號三樓
電話 886-2-2799-2788 傳真 886-2-2799-0909
海外總經銷 時報文化出版企業股份有限公司
地址 桃園市龜山區萬壽路二段三五一號
電話 886-2-2306-6842 傳真 886-2-2304-9301

故鄉無用 / 馬尼尼為作. -- 初版. -- 臺北市 : 新經典圖文傳播有限公司, 2024.4.29.
272面 ; 14.8×21公分. --（文學森林 ; LF0187）

ISBN 978-626-7421-23-9（平裝）
EISBN 978-626-7421-22-2
EAN 9780020240679

857.7 113004319